新潮文庫

童子の輪舞曲

僕僕先生

仁木英之著

童子の輪舞曲　目次

解説漫画　大西実生子

挿画　三木謙次

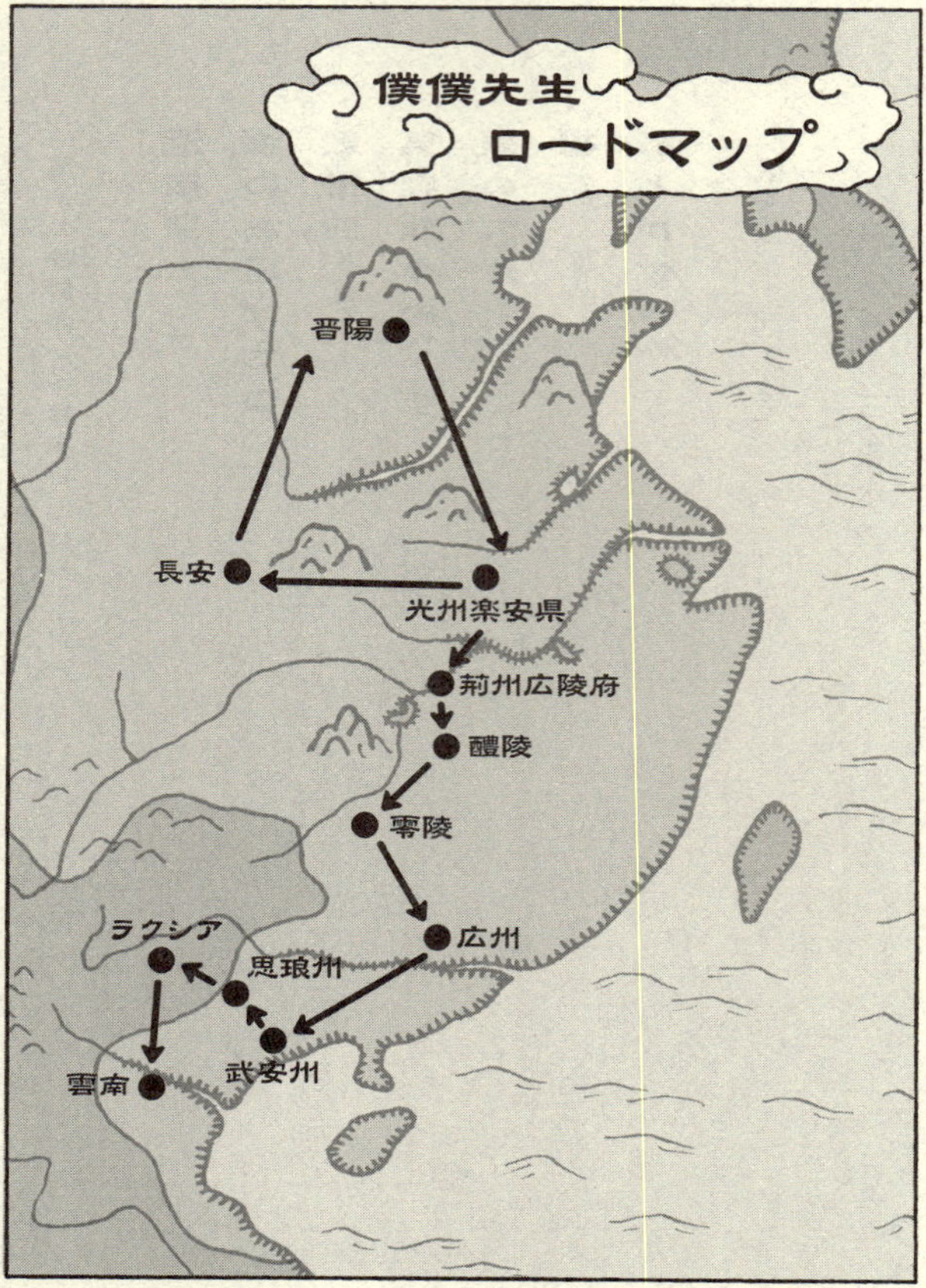

僕僕先生
ロードマップ
晋陽
長安
光州楽安県
荊州広陵府
醴陵
零陵
広州
ラクシア
思琅州
武安州
雲南

童子の輪舞曲

僕僕先生

避_ひ雨_う雙_{そう}六_{りく}

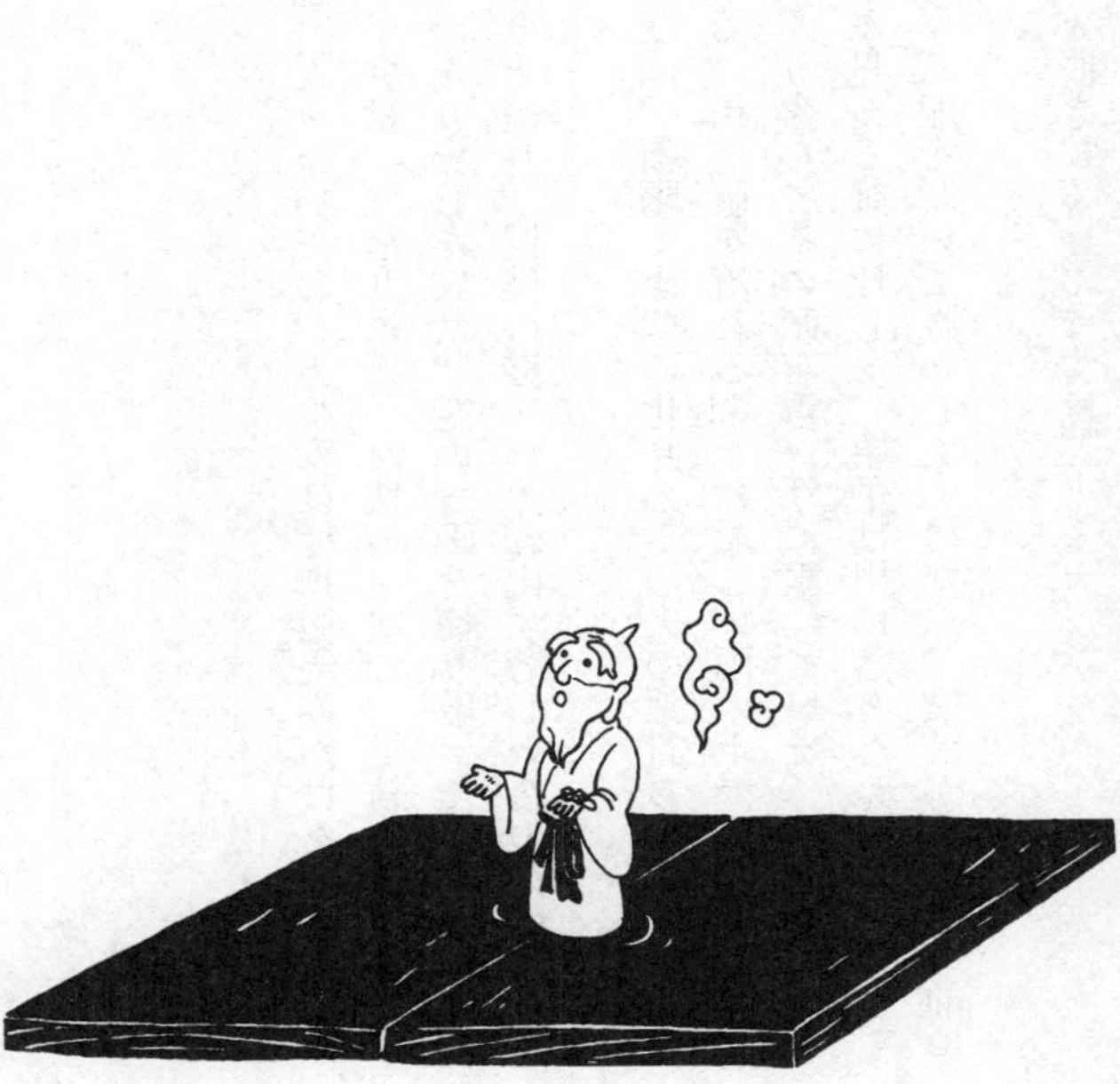

機嫌の良くない雷神様が通ったみたいだね、と少女は彼に微笑《ほほえ》みかけた。少女姿の仙人、僕僕《ぼくぼく》先生と、その弟子王弁《おうべん》は、雨宿りに入った狭い一室で、見詰め合っている。

道教の術師が身につけるゆったりとした衣は、空の一画を切り取ったように青い。腰までの髪は風を受けてさらりと流れ、僕僕の髪から流れ出す芳《かぐわ》しい杏《あんず》の花の香りが緩やかに二人を覆《おお》う。

僕僕たち一行は中国大陸の江南、衡陽《こうよう》で黒髪の化身とその夫の敵討ちを手助けした後、南へ向かう旅を続けている。街道脇《わき》を流れる湘水《しょうすい》は激しい雨の下で黒く濁り、川べりに並ぶ柳の列は水をたっぷり含んでその頭を重たげに垂れていた。

水一滴かかっていないように見える師に比して、弟子は川に落ちたねずみのごとくずぶ濡《ぬ》れである。彼は一刻も早く服を脱いで乾かしたいのだが、僕僕がすぐ目の前にいてそれとなく邪魔をするのだ。

「あの、そんなに見られてると脱ぎにくいんですけど……」

「いいじゃないか。減るもんじゃなし」

「風邪への抵抗力が減るんです。恥ずかしいからあっち向いといてもらえませんか」

「もったいつけるほどのものがついてるのか」

鼻の頭がくっつきそうな距離でそう言うと、にやっと笑って体を離した。

（まったく失礼しちゃうな）

ぶつぶつ言いながら王弁は冷え始めた服を脱ぎ、手ぬぐいで体を拭《ふ》く。

「仲良し、仲良し」

と皮一枚の女怪、薄妃《はくひ》が二人のやり取りを微笑《ほほえ》んで眺めていた。醴陵《れいりょう》で道連れとなった彼女は、その名の通りひらひらした薄い体を持つ。人間の恋人と添い遂げる方法を見つけ出すため、薄妃は旅の道連れとなった。

動かぬ物に変化《へんげ》する珍獣、第狸奴《だいりど》が姿を変えた庵《いおり》の中で暖を取りながら、一行は通り雨が過ぎるのを待つ。いつもは薄妃がぶら下がっている衣紋《えもん》かけに衣を干し、僕僕が手渡してくれた麦の実色の麻の衣に王弁は袖《そで》を通した。さらりと乾いた肌触りが心地よい。

その横では薄妃が梁《はり》にぶら下がってぐるぐると体を回転させ、水気を切っている。

「おい弁、第狸奴がキミのために服を乾かしてくれるそうだぞ」

僕僕が王弁の肩をつつく。

「え、でもここ、火気厳禁ですよね」

いうなれば第狸奴の体内なのだから、服を乾かすための焚《た》き火をするわけにはいかない。

「心配するな。ほれ」

僕僕が指で指し示すと、衣紋かけ前の壁がゆっくりとふくらみ、ぽこんと黒い突起が現れた。王弁が目を丸くしている間に、二つの楕円形《だえんけい》をした穴が開き、そこからすうすうと暖かい風が断続的に流れ始めた。

便利ですねえ、と感心しかけた王弁は、その形をどこかで見たことがあるような気がして首をひねる。

「いやあ、第狸奴が自分の鼻息を使ってキミの服を乾かそうなんて、いじらしいじゃないか。愛されているな」

（鼻息かよ……）

腰から力が抜けそうになったが、好意はありがたく受け取っておくことにした。土砂降りの中に放り出されたくはないし、懐《なつ》かれてどこか嬉《うれ》しくもある。

それにしてもひどい降りだ。絶え間なく当たる雨粒に大地の土は踊るように跳ね回り、時折稲光が庵の四方を照らす。一行もしばらく待ってはみたが、止《や》む気配がまるでない。

「こういう時は焦《あせ》らず」

という僕僕の言葉に、

「酒ですね」

と王弁が応じる。

しかし意外なことに、僕僕はことさらまじめな顔を作って首を振った。

「いつも酒ばかり飲んでいると肝の臓を壊すぞ。キミの肝はボクのほど頑丈に出来ていないんだから、健康的な意見を出して欲しいものだ」

(いつもは好きなようにつき合わせるくせに……)

鼻白んでいる弟子を尻目《しりめ》に僕僕はもぞもぞと体をくねらせたかと思うと、背中から板のようなものを一枚抜き出した。

一尺四方の、粗い木目が入ったなんてことのない板である。

「……何です？　これ」

「まあ見てろ」

僕僕はぶつぶつと唱えながら、板を閉じてある金具をぱちりと外し、

「疾《し》ッ！」

と気合をかけた。弾《はじ》けるような派手な音を立てて開いた板は、ひとりでに跳ね回った後、僕僕の前に静かに降り立った。板の中心から双葉がぽんと顔を出し、開いた中から一人の老人が姿を現す。

身の丈は三寸ばかり。顔も衣も紙のように白く、皮膚と同じくらい白い長い眉《まゆ》と胸元まで伸びた髯《ひげ》が顔の大半を隠している。老人は右の手のひらに六面の賽《さい》を二つ、左の手のひらに三粒の麦を乗せていた。

「わ、なんか出てきましたわ」

薄妃が目をぱちくりさせて、その老人に触ろうとする。

「こらこら、板の神さまに気安く触れるでない」

そう僕僕はたしなめると、腰を折って丁寧に挨拶《あいさつ》をした。

「雙六《そうりく》よ、よくぞボクの呼びかけに応じてくれた。心よりの感謝を捧《ささ》げたい」

そう言って盤の四隅に酒を振り掛ける。じっと黙っていた老人は頷《うなず》き、長い眉の下からくりくりした瞳《ひとみ》を覗《のぞ》かせて三人を見回す。

「……暇つぶしをぅ願うかねぇ」

と妙な節をつけて老人は言う。

「願う願う。ほれ、キミたちも願わんか」

僕僕に促されて、王弁と薄妃もわけのわからないまま拱手《きょうしゅ》した。

「わかあったでよぅ。こぉれ持てぇ。僕ぅ僕ぅがやり方教えるぞいぃ」

聞いていると頭がぐらぐらと揺れてしまうような、不思議な声だった。僕僕は老人から三粒の麦を受け取ると、王弁と薄妃に一粒ずつ渡す。

「絵双六《えすごろく》という遊戯だ。二つの賽を振って、誰よりも早く上がりまでたどり着いたものの勝ち。で、これがこの遊戯での〝駒《こま》〟になる」

「こんな小さな粒が、ですか？」

薄妃が麦粒をしげしげと眺めながら言う。目の前に差し上げたまま言ったので息がかかり、麦粒が頼りなく揺れた。

「おいおい、説明する前に。まあいいか」

薄妃の息がかかった麦粒から芽が出たと思ったら、見る見る人の形を取る。それはごく小さなものであったが、よくよく見ると薄妃の姿そのものだった。

「雙六の麦は人の気を吸い込んで〝写し〟を作るんだ。弁、キミもやってみろ」

言われるままにふうふうと息を吹きかけるが何も起こらない。何度やっても変化はなし。僕僕の麦粒は既に、かわいらしい少女の形をとっていた。

「気の薄い奴《やつ》だなあ」

僕僕は呆《あき》れ顔だ。どうすればいい？　と彼女が雙六に訊《たず》ねると老人は、

「口ぃにぃ、含めぇ」

と歌うように王弁に教えた。教えられたとおりに口に含んでも、やはり何も起こらない。飲み込まないように舌で転がしているうちに、ようやく変化が出てきた。うねうねと動いて口の中が気持ち悪い。そんな王弁の様子を見ていた老人が、口調から想像の出来ないほどの素早い跳躍を見せたかと思うと、踵《かかと》で王弁のつむじを痛打した。口の中にあるものを思わず吐き出して、王弁は床に倒れこむ。

床に伸びた彼が頭をさすりながら顔を上げると、自分の小さな写しが、同じようにひしゃげた蛙《かえる》のような姿になって床で伸びていた。

「危ないところだった。あのまま口の中に転がしておくと、急に膨らんで口が裂けるところだったんだぞ」

僕僕は倒れている王弁の駒を拾い上げ、埃《ほこり》を払って息をふっと吹きかける。ぐったりしていた駒がにまにまと嬉しそうに笑いだす。王弁は自分を見ているようで恥ずかしくなり、師の手からあわてて駒を取り返した。

「この賽を振って、その出た目の数だけ駒が進んでいくのだ」

「進むも何も、板には何も書いてないですよ」

薄妃は自分の体と同じく平べったい駒を、ぴらぴらと振りながら訊ねた。

「この双六の上がりを決めるのは自分自身だ。ボクたちの心中にある願いを頭に思い浮かべれば、雙六がその難易度に応じて上がりまでの枡目数《ますめかず》を決めてくれる」

「へえ……」

王弁と薄妃が思わず考え込んだところで、二人の駒は板の上に吸い込まれるように立った。

「あ、この慌《あわ》て者たちめ」

僕僕の駒もその後に続く。王弁は不思議な感覚に襲われていた。駒を見下ろしているはずなのに、駒の視点さながら板の上にいる感覚もあるのだ。どうやら二つの視点をもって、双六を進めていくらしい。

「せっかくだ。ご褒美《ほうび》を決めたほうが勝負は燃えるだろう。勝った奴はこの先一旬《いっしゅん》の飯酒当番免除にする」

王弁たちにも異論はない。

「開ぃ始ぃ」

という声と共に、三人の前にそれぞれ道が延びた。板の上にいる自分では見えないが、上から見下ろしていると終点までの道のりがわかる。それを見て王弁は早くもやる気がなくなってきた。

「先生、これちょっとおかしくないですか」

僕僕はたかだか五十枡。薄妃は七十枡ほど。しかし王弁の枡目は、一見していくつあるのか数えるのもいやになるほどのすさまじい数だった。上から見ているとたかが一尺四方の板なのに、王弁は無限の広さも同時に感じる。名状しがたい、不思議な感覚だった。

「キミは一体何を願ったんだ」

という僕僕の問いに答えようとしたところに、雙六が割って入った。

「言ってはぁ、ならぬ」

僕僕はしまった、と頭をかく。

「この双六は何を上がりとしているか、終わるまでは他言してはならないんだ。誰かに言った時点で負けになる。さ、始めようか。ボクは師の特権で一番に振らせてもらうよ」

雙六の出てきた穴からきれいに磨かれた竹筒が現れ、僕僕はその中に二つの賽を放り込んで振る。仙人の駒は、出た目の合計である七つだけ前に進んでいった。

「あ、何か書いてありますよ」

薄妃が僕僕の止まった枡に書かれてある言葉を読み、

「誰か一人をふりだしに戻す、ですって」

　と驚いた声を上げた。

「残念。弁が先に出ていれば引き戻してあげたものを。よし、次は薄妃が振れ。弁は男の子だから最後でいいな」

　くくく、と僕僕は意地の悪い笑みを横顔に浮かべる。二番手の薄妃が出した賽の目は合わせて八。止まった枡には、明日の逢引《あいびき》を待ちきれずにもう一度振る、とあり、彼女のひらひらした駒はさらに先へと進んでいった。

（先生も薄妃さんも調子いいな。よおし……）

　と気合を入れて賽を振ると、出た目は両方とも一だった。

「お約束だな」

「狙《ねら》いすぎですわね」

　二人のからかうような冷たい目線を何とか受け流しながら王弁が駒を進めると、やはりそこにも何か書いてある。

「なになに、落とし穴に落ちる……」

読み終えた瞬間、足元から大地がなくなったように感じて危うく悲鳴を上げそうになった。しかし、

「あ、あれ?」

自分は確かに双六盤の前に座っている。代わりに自分の姿をした盤上の駒が、落とし穴から這《は》い上がってくるところだった。

「なんだ、一人だけ楽しそうだな」

にやにやと僕僕が王弁の横腹をつついてからかう。

「次、先生ですよ」

王弁は押し付けるように師に賽を渡した。

「かりかりしない。賽の目は心を映す鏡だぞ」

賽の入った竹筒を握って僕僕が振ると、たどり着いた枡には、

「……天上の美酒を振舞われる、だって」

盤上の僕僕は小さなしゃっくりをして、酒を楽しんでいる。見ている僕僕の頰まで艶《あで》やかに色づいているのが不思議だった。

「この駒はボクたちの気を取り入れて形を作っているんだ。感覚を共有していても不思議じゃないだろ」

そう言って僕僕は肩をそびやかした。

「じゃあ次は私が」

と薄妃が続いて賽を振る。薄妃が出した目は二つあわせても四といういまひとつなものであったが、枡に書かれていたのは、

「見て、彼のために衣を新調する、ですって！」

という文言であった。くるりと薄妃の駒が身を翻《ひるがえ》すと、薄紅の衣だったものが、目の覚めるように鮮やかな翡翠色《ひすいいろ》に変化する。袖のゆったりした胡服《こふく》は、大雨を忘れさせるほどにさらりとして軽やかだ。

「うん、キミにはそういうさっぱりした色のほうが似合うね」

という僕僕の言葉に、王弁も賛成だった。

「他人のことを考えている場合じゃないぞ。差は開くばかりだ」

僕僕と薄妃の駒は、実に順調に先へと進んでいく。しかしどれだけ賽を振ろうと、王弁の歩みは遅々として進まない。

「川にはまる。一回休み」

「忘れ物をする。二つ前に戻る」

「先生に叱《しか》られる。一回休み」

などと、いらいらのたまる展開である。王弁は隣で一緒に賽を振っているはずの僕僕がどんどん遠くに行ってしまうような気がして、心細くなる。

「よおし、これで勝ちは目前ね」

何度か順番が回ってくるうちに、薄妃が上がりを捉《とら》えた。二つの賽を振って、八以上を出せば、勝利である。

「まだわからないぞ」

僕僕が口を挟む。僕僕の駒もあと一回、二つの賽の合計が十以上であれば上がりになる。それに比べて、

(俺のはあと何百あるんだ?)

笑えるほどに王弁の駒は進んでいない。

(アレを上がりにしたのは間違いだった……。でも願いが上がりになるんだったら、アレしかないしなあ)

がっくりしているところに、僕僕がこちらをじっと見ていることに王弁は気づいた。

「ね、手伝ってあげようか」

と優しい声で助け舟を出してくる。

「嬉しいですけど、でもそれってずるなんじゃ……」

「ボクと弁だけの秘密にすればいい」

秘密、という僕僕の声が王弁の耳に甘く響く。思わず雙六と薄妃を見るが、彼らには聞こえていないようだった。

「今は術を使って弁の心に直接話しかけている。黙って聞け。いいか、キミがボクたち二人に勝つのは到底無理だ。でもそれではあまりにも勝負として面白くない。だからまず薄妃の賽に術をかけて、上がらせないようにする」

ごくり、と唾《つば》を呑《の》んで王弁は次の言葉を待つ。

「そしてボクの上がりの一つ前の枡には、こう書かれている。他の遊戯者を一人、先に上がらせなければならない、ってね。ボクの力なら、竹筒の中にある賽の目など操るのはたやすいことだ」

「で、でもそれじゃ先生が勝てないじゃないですか。どうして助けてくれるんです?」

王弁は思わず口を挟んでいた。

「弟子を助けるのは師の務めだ。いい加減キミの出す料理にもうんざりしてきたしね。いい考えだと思わないか。それにキミの願い、たとえ双六盤の上だけでも叶《かな》えばいいじゃないか」

そうだ。師の力を借りれば、労せずして自分は願いをかなえることが出来る。

「ただ、キミを勝たせるには一つだけ条件がある」

気づくと、僕僕は王弁の瞳をじっと見つめていた。まっすぐに、射抜かれるような光が黒々とした瞳から放たれている。

「キミが上がりとして願ったことを、ボクに教えて欲しい。そうすれば、ボクは次の番で九を出して、上がりの一つ前で止まろう」

王弁は迷った。

彼の願いは、僕僕にも関わりのあることだった。彼は上がりを決めろといわれた時に、仙人になるための〝仙骨《せんこつ》〟を手に入れたい、と強く思った。

人を超えた存在である仙人になるにはその資格の証《あかし》である仙骨がなければならない。僕僕にも他の仙人にも言われて、自分にはその仙骨がないことはよくわかっている。自分が僕僕と同じ境地に立てるなんて無理かもしれない。それでも、もし仙人になれたら、僕僕と永遠に旅が出来る。

「どうする？」

底深い、惹《ひ》き込まれるような瞳だ。王弁はずっとこの瞳の傍にいたいと、胸が苦しくなるほどに思った。しかし、

「すみません。やめときます」

やっとのことで断りの言葉を口にする。

「……なぜだ？　ボクからの愛情あふれる提案を断るなんて、偉くなったもんじゃないか」

師の声がすっと低くなる。王弁はたじろいだが、もう一度考えて、

「だって、そんなの意味ないです。多分……」

と必死の抵抗をする。

「意味はあるよ。大事なのは結果だ。過程じゃない」

（そうかもしれない、けど……）

それはきっとやってはいけないずるいことだ。そうは思うのだが、僕僕を納得させられるような言葉が出てこないのがもどかしい。ただ、どれだけ難しくても、その時は自分で〃上がり〃にたどり着きたいのだ。

黙り込んだ王弁を見て、僕僕はそれ以上無理押ししなかった。

「わかった」

僕僕の言葉を合図にするように薄妃が賽を振る。五と四が出て、あっさり彼女は上がった。それまで霞《かすみ》に隠れていた上がりの枡には、想《おも》い人《びと》と華やかな婚礼を挙げる、

とあった。

「薄ぅ妃ぃの勝ちぃ。おみごとぉ」

雙六がひときわ高く歌い上げるように、一位の宣言をする。薄妃の駒がもろ手を挙げて喜び、その姿が隠れるほどの花吹雪が舞った。ひとしきり終わると、駒が麦粒に戻って雙六の手に戻り、板に書かれてあった枡目も消えて板がぱたりと閉じる。

幸せの余韻にひたっている薄妃は、うっすらと涙を浮かべながら恍惚《こうこつ》としていた。見ている王弁も幸せな気持ちになる一方で、

(なんだよ。結局先生まで回らないでやんの)

とがっくりもしている。がっくりついでに、彼は師に訊《き》いてみた。

「そういえば先生の上がりって、何だったんです？」

「教えると負けになるよ」

含み笑う僕僕だったが、それ以上の問いを許さぬ厳しさもあった。黙りかけた王弁だったが、

「も、もう双六は終わってるじゃないですか」

とくちびるをとがらせる。僕僕はくく、といたずらっぽく笑った。

「忘れた。とにかくキミの〝上がり〟が相当遠い、ってことだけはわかったよ。そこ

を目指して励んでくれたまえ」

ぽんと肩を叩《たた》き、美しい仙人は立ち上がる。

しかし何かを思い出したように王弁の前で腰をかがめると、弟子の目をじっと見据え、

「ボクはずるはさせない。でも、〝上がり〟まで行く気があるのなら、最後まで付き合ってあげる」

それだけ言って片目をつぶる。そして機嫌よく鼻歌を歌いながら、いつしか雨の上がった外へとゆったり歩いていった。

雷のお届けもの

1

陽光の照り返しで白く輝く雲庭の片隅に、二人の少年が向かい合って立っている。

背の高い方の少年は背筋を伸ばし、頭頂部からつま先までが一本の棒になったと想像しながら、気を凝らしていた。

「両耳を結ぶ線上に二つの突起を作り、そこに光が集まってる様子を思い浮かべるんだ」

小柄な友の声を聞きながら、少年は懸命にその様子を想像しようと試みる。だがうまくいかなかった。わずかしか光は集まらず、すぐに周囲に散ってしまう。

「董虔《とうけん》、落ち着いて」

少年を見守っているのは、鬼であった。肩を落としつつも励ましてくれる友のためがんばるが、上手《うま》くいかない。

雲上からは燦々《さんさん》と陽光が降り注いでいるものの、風を呼ぶ彩鳥《さいちょう》が常に頭上で舞っているため、快適な気候が保たれている。

「ちょっと休もう」

口火を切ったのは、湖南雷王《こなんらいおう》の子、砰《ばん》である。

かつて長沙《ちょうさ》城内で貧しい暮らしをしていた董虔は、ある日砰の落とした雷神の武器、叉《さ》を拾った。それをきっかけに二人は友だちになったが、九月九日生まれの董虔は魂に強い〝陽〟気を蔵しており、その力に目をつけた妖《あやかし》の道士に捕えられてしまう。仙人僕僕先生の弟子である王弁や、雨止めの祈禱《きとう》をしに来ていた不空御坊《ふくうおぼう》の力を借りた砰は、己の魂を削って戦った末に董虔を救い出した。その際、董虔は砰の血を取り込んで半ば雷となった。そして、董虔は砰の住む雷の国へ移り住むという願いを砰の父親である曇王《どんおう》に叶《かな》えてもらい、今は真の雷神となるため、修行に励んでいる。

ちかちかと、わずかな雷光しか放てない友を見て、砰はため息をついた。

「仕方ないよ。ぼくはまだ雷神になりたてなんだから」

「そういう慰めは教えてる方が言うもんだって」

董虔の暢気《のんき》な言葉に砰は頭をかきむしる。彼がこのように躍起になるのには、もちろん理由がある。二人の背後から、わいわいと子供たちの騒ぐ声がする。砰よりも大柄な雷神の子たちが数人、遠くから何かを喚《わめ》いていた。これこそ、その理由だ。

「人の子、地虫、出来そこない、さっさと地べたに降りちまえ！」

菫處は声のする方を向いて、ちょっと悲しそうな顔をして俯《うつむ》いた。対照的にこめかみに青筋を立てた砕は牙《きば》をむき出しにして唸《うな》ると、全身に怒りの稲光を充満させる。

「いま言った奴《やつ》は、誰だっ」

「止《や》めなよ」

顔を真っ赤にして走り出そうとする砕の肩を摑《つか》んで、菫處が止める。

「ぼくが一人前の雷神じゃないことは本当なんだから」

「だってよ……」

と言いつつも、菫處には弱いので、しぶしぶ雷を収めようとしたところ、子供たちが投げた数本の稲妻が突き刺さった。

「臆病者《おくびょうもの》の王子《こら》さま、いつしか地虫の仲間入り！」

怒りを堪え切れなくなった砕は雲を呼び、子供たちを追いまわす。だが追われている方も負けてはいない。いかずちを放って砕と五分に渡り合う。空の上は雷光と暴風でとんでもないことになった。あっという間に菫處も風に飛ばされてしまい、為《な》す術《すべ》もなく空中でくるくると回っているところを大きな手のひらに包まれた。

「あ、曇王さま。こんにちは」

手の中でぺこりと頭を下げる。飛ばされた菫處を手のひらで受け止めたのは、見上げるような大雷神である。手のひらだけで董虔の背丈よりも大きく、全身は光沢を放つ赤い肌で覆《おお》われている。頭に生える二本の角は巻き毛の間から長く突き出て、その力の偉大さを示している。

湖南雷王の曇は董虔の挨拶《あいさつ》に頷《うなず》きながらも苦々しげな表情を浮かべて、縦横に雷光が走る一画を眺めていた。

「また砰は喧嘩《けんか》しているのか。今日の理由は？」

「すみません。ぼくのせいで……。ぼくが半人前なのはその通りなんだから、あんなに怒らなくてもいいのに」

歯がゆそうな董虔を見て、曇は苦笑いを浮かべた。

「お前が悪いのではない。砰の心が弱いのだ」

「砰は強いです。いつも守ってもらってる」

「いや、違う。お前に頼り切っておる」

「ぼくに？」

「そうだ。お前のことが気にかかると言いながら、その実、自分の近くからお前がいなくなることを恐れているのだ」

董虔にはよくわからない。

「まだ理解出来ぬかもしれぬがな。砰は、いやお前たちにはもう少し強さが必要だ」

そう言って董虔を手のひらから下ろすと、

「いい加減にやめんか！」

と大喝《だいかつ》した。間近で聴いた董虔は頭が揺れて倒れそうになったが、曇から放たれる青白い雷光の群れに見とれてしまった。雷王の体から立ち上った光は、鎌首《かまくび》をもたげた大蛇のような形となって、追いかけっこに夢中になっている子雷たちに殺到する。

砰たちも気付いて迎え撃とうとしたが、到底かなわず雷雲の大蛇に押さえつけられ、尻《しり》を何度も叩《たた》かれては悲鳴を上げていた。

「あの、あんまり叱《しか》らないで……」

と言いかけた董虔はぎろりと睨《にら》まれて縮みあがる。砰や他の雷神にはない、別格の威厳が雷王にはあった。

「元気がいいのは悪いことではないがな」

小鼻を膨らませて嘆息した曇は董虔に向かい、

「後でわしの部屋に来い。お前に頼みたいことがある」

そう命じると大股《おおまた》で雷王宮《らいおうきゅう》へと戻って行った。

2

やはり砕に一声かけてから行こうか、と菫虔は思った。けど、王の間に来いと呼び出されるのは初めてで、菫虔は緊張してはいたが胸が躍ってもいた。雷神としては半人前以下の自分に、王が何を任せてくれるのか、楽しみで仕方がなかったのだ。だから結局、砕には黙って来てしまった。

初めて訪れた雷王宮は、長沙の潭州《たんしゅう》城しか知らない菫虔にとっては別世界の建物のように思えた。積乱雲の石垣に、層雲で微細な彫刻が施されている。

菫虔は王族の砕と同じ敷地内に建つ別の小屋で生活している。もちろん砕は同じ寝殿で暮らすべきだと主張したが、菫虔はそれを断ったのだ。

「ぼくと砕は違うから」

その答えに砕はいたく気分を損ねてしまった。

「もう同じ雷神だろ！　一緒に住んだっていいじゃないか。お前は人間から雷神になったばかりなんだから、俺の近くにいた方がいいって」

それでも菫虔は頑《かたく》なに首を横に振り続けた。

「まだ雷神に成りきれていないぼくが、王さまと同じ屋根の下で暮らすわけにはいかない」

しかし砰は中々受け入れようとしないので、

「雷神になるまで砰とは一緒に暮らせないんだ」

ときっぱり宣言した。曇もその言葉に賛同したものだから、砰はそれ以上無理強いできなかった。

あきらめきれない砰は、雷王宮の敷地内の小屋に住むことだけは何とか説得して合意させた。だが、董虔は曇たちの住む豪壮な屋敷へ行かないし、執務を行う集雯殿《しゅうえいでん》に足を向けることもなかった。

董虔の背丈の何十倍も高い門の両脇《りょうわき》には、恐ろしい顔をした雷神が二人、三叉《さんさ》の大《おお》槍《やり》を地に付けて立っている。

「曇王さまに呼ばれて来ました」

「よし、通れ」

門番たちは董虔に厳しい視線を送って検《あらた》めると、通ることを許した。

城門から長い長い回廊を巡っていくと、やがて目の前に集雯殿の威容が迫ってくる。

湖南雷王の城の外郭も長沙城と大きく異っていたが、雷王が政《まつりごと》を行っているその建物は、とりわけ奇妙な形をしていた。

根元は一周何里もありそうな円形を象《かたど》っていて、上に行くに従って細くなっている。その頂で、湖南雷王は雲と風と雨の手配をするのだという。根元までたどり着くと、小さな扉があり、その両脇をやはり二人の雷神が守っていた。

「王から話は伺っている。だが、お前は王の間まで行ったことがなかろう」

「はい」

「王の間へはこの扉を越えて行かねばならぬ。行けるか？」

「行きます」

菫虔は肩を張り、力を込めて扉を開けようとした。だがその時、手を誰かに摑まれた。振り返ると、顔のあちこちに焦《こ》げ跡をつけた砰が立っていた。

「やっと見つけた。さっきの喧嘩の途中で父上と話しているのが見えたからまさかと思ったけど……」

ほっとしたように息をついて、額の汗を拭《ぬぐ》う。

「王さまが助けてくれたんだ」

「ふうん。俺は父上にひどい雷を落とされたよ」

くちびるをへの字に曲げて、砰は尻をさすった。

「それにしても何でこんなとこにいるんだ？」

「何でって、王さまに呼ばれたから」

「ここは雷神でも限られた者しか入れないとこだぞ。命を落とす危険だってあるんだ。お前が入って無事でいられるわけないだろ」

「でも王さまはぼくに来いって」

砰は渋い顔をして舌打ちすると、菫虔の手を握ったまま扉へと向かった。だがその前で二本の三叉槍が交叉される。

「王からは菫虔一人を通すように命じられております」

門番は声を合わせて王子の通行を拒む。

「ほら、門番さんたちもこう言ってるし、一人で……」

「菫虔は黙ってろ！」

砰は菫虔を自分の背後に押しやると、腰に手を当て胸を張り、自分より数倍大柄な門番の前に進み出る。

「俺が通せと言ってるんだ」

門番は砰の剣幕に押されたように顔を見合わせた。

「こうしろ。菫虔は父上に呼ばれてここを通る。俺も父上に用があってここを通る。

その時機がたまたま同じだっただけだ。お前たち門番に責はない」

「はあ、そういうことでしたら」

二人の前で交叉されていた槍は解かれる。

「菫虔、行こうぜ」

しかし、菫虔はどこか不服そうな顔をして立っている。

「どうしたんだよ」

「……ぼくは一人で来いって」

「そんなこと言ったって、お前はここの風がどんなに危ないか知らないだろ」

「知らないよ。でも一人で来なさいって言われたんだから一人で行く」

「だめだって。俺が連れてってやるから」

菫虔は、いいって、と止めようとしたが砕は構わず先に進んでいく。扉を開けた砕は菫虔を扉の縁に立たせ、見てみろと手で指し示す。菫虔は中を覗《のぞ》き込んで息を呑《の》んだ。

扉の中には大きな穴が開き、その下には空が延々と続いており、遥《はる》か下に湖南の大地が見える。人家は見えず、ただ川の青と山の緑と、そして田畑の整然と並ぶ様子が望めた。その風景をかき消すように、暴風と霰《あられ》が吹きすさんでいる。

「な？　怖いだろ」

　砕はそれ見たことかと、菫虔の背中を叩いた。

「今の菫虔じゃここを飛んで王の間に行くのは無理だって。それにしても父上も無茶させるよな。一言文句言ってやらないと気が済まないよ。ほら、行くぞ」

　かりかりと角《つの》の間に小さな稲妻を光らせた砕は、菫虔の手を握り直すと、穴の中へと飛び込んだ。菫虔の全身にぐっと力が入り、落ちる感覚に身が縮む。

「よし、捉《つか》まえた」

　砕は何かに手をかけると、ひょいと腰かけた。目には見えない椅子《いす》に乗っている。

　菫虔も引っ張り上げられて、その隣に座らされた。

「ど、どうなってるの？」

「風を捉まえたんだ。一人前の雷神になれば見えるんだぞ。見えたか？」

「見えなかったよ」

　砕は尻の下にある透明の座布団《ざぶとん》のような感触を確かめながら、ため息をついた。砕がうまく御しているので、ごうごうと吹き荒れているように見えていた風も吠《ほ》えるような音を出さなくなり、拳《こぶし》ほどもあった霰はふわふわと綿帽子が風に舞っているようにすら見えた。

「ほら、まだ俺が一緒にいないと危ないんだってわかったろ」

「うん……」

そうこうしているうちに、風は二人を塔の上へと運んでいった。霞んで見えなかった巨大な塔の頂にも、手を伸ばせば触れられそうなところまで近付いた。

「父上なんか、風を捉まえなくてもひとっ飛びでここまで来れるんだぜ。そろそろ着くぞ」

研が自慢げに言ったところで、二人は風から下ろされた。周囲には濃い霧が立ち込めている。

「来たか」

曇の声が響いた途端、霧は一瞬にして消えた。視界が開けると、方百丈はありそうな雲の広間が広がっていた。数十人の雷神が忙しそうに立ち働き、広間の縁は空と繋《つな》がっているのか、四方から雲がやってきたり、出て行ったりしている。

「ここが王の間だ。湖南雷王の指示で、各地に必要な雨を降らせているんだ」

研の姿に気付いた数人の雷神が、胸の前に手を当てて頭を下げた。広間の奥に進むと、四方へと光る雷光の彫刻で飾られた豪華な玉座《ぎょくざ》があり、曇が厳しい表情で座っていた。彼が左右へ目くばせをすると、家臣たちは二人の通ってきた穴へと飛び入り、姿を消した。

「近くへ」

曇の低い声はよく通った。砰は董虔の手を引いて王の前に進み、拝礼する。

「砰よ。お前は呼んでおらぬ。帰れ」

砰は一瞬怯《ひる》んだが、顎《あご》を上げて言い返した。

「俺は俺で父上に用があるんです。董虔と会ったのは偶然ですからお気になさらず」

「……そうか。まあよい。では董虔への命を先に下そう。古《いにしえ》より天地の水を司《つかさど》る雷神と龍神は、世界の均衡を守るため、〃雷龍珠《らいりゅうじゅ》〃という宝貝を作り上げた。そしてどちらかに力が偏《かたよ》らぬよう、一年ごとに預かる役目を交代して湖南の水がつつがなく巡るように見守っているのだ」

王は懐《ふところ》から大きな封印をした書状を取り出し、董虔に手渡した。

「董虔よ、湖南龍王、洞庭君《どうていくん》にこの書状を渡してくれ」

続けて玉座の脇息《きょうそく》を指で軽く叩くと脇息が両側に開き、中から小さな首飾りが出て来た。

「これが雷龍珠だ。持って地上に下り……」

そう命じかけたところで、砰がちょっと待ってよ父上、と口を挟んだ。

「どうした」

「雷龍珠の使いは、雷神の中でも限られた者にしか許されないはずでしょ？　それを董虔にやらせるなんて。まだこいつには無理です。それにここに一人で来いって命じたのもおかしい。何かあったらどうするんですか」

曇は息子の苦情を目を閉じて聞いていたが、言い終わるなりぎろりと睨みつけた。

「お前は董虔が来てから随分おしゃべりになったな」

いつにも勝る迫力に、砰は口をつぐむ。

「湖南雷王として董虔に命じる。お前はこれから洞庭君のもとに一人で出向き、わしの代わりに雷龍珠を渡す使いとなるのだ」

「父う……」

砰が何か言いかけたが、董虔はその袖《そで》を摑んで制した。董虔は砰に目をやることなく、じっと曇を見上げている。その真剣なまなざしを前にして、砰は黙るしかない。

「行って参ります」

董虔はぺこりと頭を下げる。曇は彼を手招きし、その首に雷龍珠をかけた。きらきらと輝くそれは、意外に軽かった。

「これは秘宝である。不注意でなくさぬよう、この雷龍珠にはある呪《まじな》いがかけられておる」

「呪い？」

「そうだ。この首飾りはある口訣《くけつ》が唱えられるまでお前の首から離れることはない。わしと洞庭君でそう取り決めてある」

「そうなんですか……」

「試しに外してみろ」

董虔は首から外そうとした。最初は軽いのに耳のところまで持ち上げると急に重さが増し、それ以上動かなくなる。

「手を放すがよい」

董虔が手を放すと首飾りは軽やかな音を発して元の位置に戻り、重さもほとんど感じさせなくなった。

「砰、席を外せ」

「え？　どうして」

「洞庭君との間で取り決めた口訣を董虔に教える。これは我ら二人と使者となる者しか知ることを許されぬ」

「俺も行きます」

「駄目だ」

「行きます」

　砰は絶対に引かない、と目を見開いて父に抗《あらが》う。しばらく黙っていた曇だったが、突然、噶《があ》、という音を立てて吠え、手を振りかざし、砰へと向けた。すると宮殿の柱ほどもある雷柱が砰を取り囲み、閉じ込めてしまった。そして雷王が軽く手のひらを振ると、雷の檻《おり》は転がって王の間の縁から落下していった。

「心配いらん」

　慌《あわ》ててその後を追おうとする董虔を、雷王は重い声で止めた。

「わしは、人間であるお前を雷の国に迎えることを、多くの反対を抑えて承知した。それはお前が、砰に出来た初めての友人であったからだ。砰は王の子として生まれ、雷神としての力は他の子供たちよりも秀《ひい》でておるのに、周囲と和することがなかった。しかし、雷神はただ無鉄砲にどんがらやっていればいいわけではない。雨、風、海、山、川に常に気を配らねばならん」

　曇は立ち上がり、無人となって広々とした王の間の端まで歩いて行った。

「わしがお前を受け入れたのは、砰との間に絆《きずな》があるからこそ。その絆の強さと温かさが、砰を良き雷王に育ててくれると期待しておる。だが今はまだ、その絆がお前たちを苦しめてもいるのだ」

「何故《なぜ》絆に苦しめられるのですか。ぼくは、砰のためになることならなんでもしてあげたいです」

董虔の言葉を聞いて、曇は微笑《ほほえ》んだ。

「何故そう思う」

「砰のおかげで、ぼくは明るい世界があることを知りました。笑えることを知りました」

「それだけか？」

「ぼくにはそれ以上に嬉《うれ》しいことなんてないです。だから砰には、いつでも笑っていて欲しい」

大きな手のひらが、訥々《とつとつ》と話す董虔の頭を優しく撫《な》でた。

「お前はいい子だ。だからなおのこと、お前たちはそれぞれの足で立たねばならん。遠く離れ、背中合わせになったとしても、友でなければならん。そして、旅に出て友の気持ちを支えとすることも、旅に出た友を信じて待つこともまた、大切なことだ。行け、董虔。吉報を待っておるぞ。これは人の世を捨てて我らの一員となったお前が、今なすべきことなのだ。その成果は任を成し遂げた時、自ずと明らかになるであろう。

それでは口訣を教えるぞ。北冥有魚《ほくめいにぎよあり》、化為鳳凰《かしてほうおうとなる》。繰り返してみよ」

菫虔が間違いなく言えるまで復誦《ふくしよう》させると、曇は大きく頷いた。

3

これまで見たこともない美しい絹の褥《しとね》の上で目覚めた菫虔は腰でも打ったのか、体がしびれてしばらく動けなかった。

(地面に激突して、その後どうなったんだっけ……)

記憶は曖昧《あいまい》だが、首を撫でてひと安心した。曇から預かった雷龍珠は無事である。辺りを見渡すとやけに暗い。耳をすますと、頭の上の方から絶え間なく流れる水の音が聞こえてくる。

「お目覚めですか」

驚いて振り向くと、立派な官吏の衣に身を包んだ男が、提灯《ちようちん》を手に立っていた。恰《かっ》幅《ぷく》のいい男の襟元はぬらぬらと光っている。よく見ると、男の顔は鰻《うなぎ》そっくりである。

「申し遅れました。私、龍王さまの執事を務めております渓曼《けいまん》と申します。わが君はあなた様のお目覚めを心待ちにしておられます。ささ、こちらへ」

「ここは、どこですか？」

渓曼はおやおやと大げさに両手を広げ、

「おかしなことをおっしゃる。あなたは湖南雷王の曇さまに何と仰《おお》せつかって地上へと降りられたのですか」

と董虔に訊《たず》ねた。

「この雷龍珠を龍神の王に渡すよう命じられました」

「でありましょう？　その龍王さまの宮殿に、あなたはいらっしゃるのです」

「そうですか……」

「服を着替えたら、私について来られるとよい。王は既に謁見《えつけん》の間においてお待ちかねですよ」

そう言って、巨大な鰻は一度部屋の外へと出て行った。

寝床の横には飾棚が設《しつら》えられ、衣紋《えもん》かけには銀糸で織り上げられた衣が掛けられてある。身に付けてみると、董虔の体の大きさをあらかじめ知っていたかのようにぴったりだった。着心地もよく、洞内の湿った空気が爽《さわ》やかな風に変わったようにすら思える。

扉を開けると、渓曼が居眠りをしていた。廊下は薄暗く、遠くで重く長い鳴き声が聞こえる。薄気味の悪いところだなぁ、と戦《おのの》きつつ、董虔は応対に出た男の裾《すそ》を引っ張った。

「着替えましたけど……」

鼻ちょうちんを破裂させて目覚めた渓曇はあたりを見回し、

「いかんいかん」

と壁を探り、突き出た岩を激しく叩いた。

「あれ？ 壊れたかいな」

さらにがんがん叩くと、突起は無残にもへし折れた。あっけにとられている董虔の前で、壁や天井に妖《あや》しい光が灯《とも》りだした。紫やら緑の灯籠《とうろう》でも壁の中に仕込まれているのか、けばけばしい光が四方から董虔を照らす。

「も一つ」

渓曇が壁の穴に手を突っ込んで何やらいじる。

「さっさとやらんかい！」

怒鳴りながらさらに手を深く差し入れると、壁の向こうで何かが倒れるような音がした。すると渓曇が悲鳴を上げてこちら側でも倒れている。しばらくすると、穴の向こうから調子外れの祭囃子《まつりばやし》に似た、賑《にぎ》やかな旋律が聞こえてきた。

「我が王宮は常に高貴の光に満たされ、天恵の旋律によって彩《いろど》られておる。この美しさにひれ伏さない者はいない。皆、真の龍王の威厳に涙するのだ」

「そ、そうですか」

「何か疑問でもあるかな」

「いえ……」

渓曼は長い髭《ひげ》を波打たせ、董虔を見下ろす。

「さあ、王に謁見するのだ。さっさとついてこい」

渓曼の口調が徐々に荒っぽくなっている。立ち居振る舞いも最初は内股でしゃなりしゃなりと歩いていたのに、どすどすと野卑な歩き方に変わってしまった。さっきとは別人みたいだ。そう思いながらでたらめに光る壁と気分の悪くなるような旋律の中をしばらく歩くと、石造りの広間に出た。

渓曼の姿を見て、貧相な蜥蜴《とかげ》の兵が二人、槍を掲げる。

「湖南雷王、曇さまよりの使者、董虔、王へのお目通りを求めております」

「これへ」

玉座に座っている巨大な影は、重々しい声で許可を与えた。董虔は渓曼に促され、玉座の前に跪《ひざまず》いた。

「董虔とやら、ご苦労であった。雷龍珠は雷神と龍神の秘宝である。よくぞ無事に届けてくれた。褒めてつかわす」

董虔はじっと待った。龍王がこの首飾りを外す口訣を唱えれば、仕事は終わりである。彼は雷として与えられた初めての務めを無事終えられる、砕にも認められるかもしれないと安堵《あんど》していた。だが龍王はいつまでも黙ったままで、董虔も立ち上がることができない。

「どうした。雷龍珠を置いて下がるがよい」

龍王は奇妙なことを言った。

「え？」

董虔は思わず顔を上げる。玉座に座っているのは、緑青色の大衣をまとった、でっぷり肥《ふと》った龍であった。

「あの、洞庭君さま」

董虔の呼びかけに、龍は居心地悪そうに大きな尻を動かした。

「雷龍珠を外すには、口訣が必要なんですよね」

「口訣？　ああ、そうじゃな……口訣、口訣っと」

龍王はきょろきょろとあたりを見回し、渓曼に助けを求めるような視線を送った。

しかし渓曼も困惑した表情を浮かべてうつむいてしまう。

「それがじゃな、そのう、忘れてしまったのだ。教えてくれんかの」

董虔は耳を疑った。

「忘れた？」

「そうなんじゃよ。確かに曇とは口訣を決めてあったのじゃが、年のせいかきれいさっぱり忘れてしもうて」

ここの王は董虔に、口訣を教えよと命じている。董虔は口訣を曇に教わって知っているがそれは、あくまでも確認のために教えられたものだ。

「お、お教えすることは出来ません」

董虔は体が震えないよう奥歯を嚙《か》みしめ、用心深く答えた。

「逆らうとためにならんぞ」

「もし王様が口訣をお忘れならば、雷王さまに直接訊《き》いてください」

すると龍は顔を真っ赤にした。

「貴様は龍神の王たるわしに恥をかかせる気か。忘れたからといって訊ねてはわしのメンツに関わる」

董虔は怖い気持ちを必死にこらえて態度を変えない。そこで龍王は、機嫌を取るように猫なで声でせがむ。

「そうつれないことを言わず、こっそり教えてくれ」

しかし、菫虔は頑として拒む。

「お前は使者として大きな過《あやま》ちを犯そうとしておる。雷神と龍神の間はここ数千年、実に平穏なものであった。それをお前は、一方の誇りを傷つけ、関係を悪くしようというのか」

「違います」

菫虔は震えそうな恐怖がいつの間にか消えていることに気付いた。務めを立派に果たさなきゃ、という想《おも》いが彼の背筋を伸ばさせた。

「雷龍珠は雷神と龍神の至宝だとお聞きしました。だとすれば、そのやり取りを司る口訣も同じく宝のごとく大切なものであったはずです。それをお忘れになられたのは、龍王さまの失態であり、私の責ではありません」

歯嚙みして龍は菫虔をにらみつける。その口角からは青い炎が漏れ出しているが、それでも菫虔は怯《おび》えた様子を見せなかった。

龍王は渓曼に、この生意気な子供を牢屋《ろうや》に放り込め、と喚きながら命じた。

南から巨大な雲が帰ってきて、東の方へと出て行った。

4

雷神が人間の住む大地に雷と雨の恵みを与えて、また雲上の都へと戻ってくるのだ。父にたてついてたっぷりお仕置きされた砰は、面白くなさそうな顔で雲都の縁に座っていた。

はるか下を流れていく湖南の豊かな風景を眺めていた。無数の山と川それぞれに、神仙が住んでいる。その川の集まるところに、洞庭湖という巨大な湖がある。

天下に無数に往来する人間の胃袋を支えるのは、湖南の米である。そしてその米の源となっているのは、水だ。洞庭湖の龍王は湖南の膨大な水を司り、砰の父である曇とその循環を守っている。

(董虔のやつ、洞庭君の機嫌損ねなきゃいいけどなぁ。洞庭君は真面目《まじめ》だから)

龍王と雷王は百年に一度、互いの宮殿を行き来して親交を深めあうのだが、いたずらの過ぎた砰は、洞庭君にこっぴどく叱られて拳骨《げんこつ》をもらったことがある。曇をはじめ雷神たちは色をなしたが、砰を想ってこその叱責《しっせき》だと知るや、かえって彼への敬意を深くした。

　本音を言えば、相手が洞庭君なら砕も安心ではある。菫虔は雷神としては足らないが、ああ見えて度胸がある。得体の知れない道士相手にも動じなかった根性がある。きっと洞庭君に気に入られるだろう。それでも、

「ああ、やっぱり心配だ！」

　となるのだ。

　しかし、彼は父に、菫虔を追ってはならぬと厳命されていた。

「追えば菫虔は、お前の友でいられなくなるかも知れぬ」

　そう脅かされていた。

（そんなわけあるかよ。俺が助けに行かない方が、よっぽど危ないよ）

「お、こんなところで一人黄昏《たそがれ》てどうしたんだ。恋人が地上に行って寂しいのか」

　叔父の一人が声をかけて来た。その言《い》い種《ぐさ》に砕は腹を立てたが、ここで騒ぎを起こすわけにはいかないので、別に、と答えた。ふと上空を見上げると、大人の雷神たちが雲に乗って昇っていくのが見えた。

「何かあったんですか」

「よくわからないんだが、曇さまから集まれと急に命令が来てな」

「へえ……」

叔父は大人しくしているんだぞ、と砰を戒め、他の雷神たちと去って行った。しばらくぼんやりと座っていると徐々に人気《ひとけ》がなくなった。砰は辺りを見回した。うん、誰もいない。

「行こうかな……」

父の怒りを思うと体が震える。しかし一人では風も御せない董虔を放っておくことは出来なかった。王の間では議論が白熱しているらしく、雷鳴と雷光がにぎやかに交錯している。こうなっている時は皆頭に血が上って、他のことに注意が行かないことを砰は知っていた。彼はごく小さな雲を呼び出してその中に隠れると、一目散に地上へと飛んだ。

緑の水田と褐色の村落、そして色彩鮮やかな城市が点在する風景を飛び越え、ひときわ大きな水面へと下りていく。

洞庭湖の南に、大きな橘《たちばな》の木が立っている。砰は帯を解いて三度橘を打った。すると水の上に道が出来、人の近づくことの出来ない葦原《あしはら》へと通じた。そこには大きな蛙《かえる》が眠っていた。鼻ちょうちんと頬が交互に膨らみ、暖かな湖南の陽光を浴びて気持ちよさそうだ。

「おい」

砰がそっと声をかけると、ぼえ、とふいごのような音を立てて蛙は飛び起きた。そして砰の姿を見ると威儀を正し、

「湖南雷王、曇さまが子、砰さまのお出ましを心より歓迎いたします」

と頭を下げた。

「何言ってるんだ。寝てただろ」

「これを沈思黙考というのです。ところで砰さま、この度の雷龍珠はあなたがお持ちになったのですか？　聞いていた話とは違いますが」

「まさか……董虔はまだ来ていないのか」

「トウケンという名は使者として承《うけたまわ》っております。ですがまだその来訪は受けておりませんな」

「洞庭君さまの宮殿に至る道はここだけだよな」

「龍や水に棲《す》む者以外は、わたくし灌嬶《かんばく》が守る門からしか、わが君の宮殿へと向かうことは出来ぬことになっております」

砰は天を仰いだ。

「どこかで追いぬいたか……」

「どうされたのです？」

「いや、何でもないんだ。俺がここに来たことは、洞庭君さまには黙っておいてくれるか」

「訊かれなければ言いませんが、主君に問われれば答えます」

「大切な門の番人が陽気に負けて鼻ちょうちんを膨らませていたことは、俺しか知らないけど。どうする？」

「本日の砕さまの姿は、きっと陽光が見せた幻でございましょう」

「上出来だ」

砕は雲を呼び、水面すれすれに飛びながら考え込んだ。

「どこ行っちまったんだ……」

ぼんやりと考え込んでいると、雲が何かに引っかかったのか急停止する。気を緩めていた砕は大きく飛ばされて湖水に落ちた。砕は泳げないことを思い出し、必死でもがくが水底へ引き込まれてしまう。意識が薄れる寸前、口の中に何かがねじ込まれた。大量の水と共にそれを飲み込んだ砕の耳元で、

「もう大丈夫よ。大きく息を吸って、ゆっくり吐いてごらんなさい」

どこからか落ち着いた女性の声が聞こえた。言われるままに息を吸うと、先ほどま

で喉《のど》を塞《ふさ》いでいた水は吸い慣れた気へと変わっていた。

「落ち着いた？」

湖底に足がつき、息を整えると周囲が見えてくる。水の中にいるはずなのに、溺《おぼ》れていない。そして砰の目の前には、一人の女性が立っていた。

ほっそりとした体に、緑の水草をあしらった衣をまとっている。裾と袖には川魚を追う鳥の意匠が凝らされている。丸い瞳《ひとみ》がくるりと回って、息の整った砰を見つめた。

「砰くんが洞庭湖に遊《かし》びに来るなんて珍しい。お父さまのお使いかしら」

砰はしばらく首を傾げて考えていたが、

「もしかしてお前、雫《しずく》か？」

「あら、覚えていてくれたのね」

「えらくでかくなったなあ」

「砰くんが小さいのよ」

「何おう」

摑みかかる砰の額を指一本で押さえて、雫は楽しげに笑った。

「変わってないなぁ。昔遊んだ時のままね。曇おじさまはお元気？」

砰も手をぐるぐる回すのは止めて、頷いた。雫は洞庭君の娘の一人で、年が近いため砰が以前洞庭湖を訪れた際には、接待役を務めてくれたのだ。

「そろそろ雷龍珠の交換時期でしょ。砰くんが使者で来たの？」

「違うんだ。俺の友達がその役を仰せつかって、洞庭湖に降りて来ているはずなんだけど……」

「そうなんだ。けどなんで砰くんがここに来ているの？」

雫は屈託なく訊ねるが、砰は答えに詰まった。

「さては、心配でついて来たのね？」

「違！　……わない」

雫は袖で口元を押さえ、くすくすと笑ったが、砰の真剣な表情を見て顔を引きしめた。

「来てないの？」

「門番の蛙に訊いたらまだだって」

あらま、と雫は心配そうに頰に手を置いた。やたらと大人っぽいしぐさに、砰は違和感を覚えた。

「何だよ、えらく気取った感じになったじゃないか。前は泥んこになって一緒に遊んでたのにさ」

「あら、見くびらないで下さる？　わたくし、もう人妻ですの」

砕は仰天した。しかも湖底に建つ瀟洒《しょうしゃ》なこの屋敷は、雫の家だったのだ。色とりどりの珊瑚《さんご》と輝石で上品に彩られ、なまめかしさすら漂っている。

「いつの間に。父上のところには婚姻の挨拶とかなかったぞ」

「ちょっと前にしたんだけどね……事情があってさ」

丸い瞳を曇らせて、雫は憂鬱《ゆううつ》な顔をした。

「うちの旦那《だんな》、龍じゃなくてね」

「亀《かめ》か何かか？」

人間なのよ、と雫は声をひそめた。人間と結婚する龍神などこれまでに例がなく、洞庭湖は大騒ぎになったという。洞庭君が出した条件は、三年洞庭湖に暮らすこと、そして三年の後、再び龍神たちの決を採る、というものだった。

「それまでは大人しく暮らして欲しいんだけど」

とにかく川や湖の好きな男で、水の中を自在に動ける力を与えられてからは、あちこちの河川湖沼《こしょう》をめぐっては見聞を広めているらしい。

「そりゃ大変だな」

「私は大好きなんだけどね」

「なんだよノロケかよ」

そ、と雫は嫣然《えんぜん》と微笑んだ。だが砕は雫のノロケ話に付き合っている暇はなかった。菫虔を探さねばならない。ここに来ていないということは、どこかで迷っているのだ。

「そのトウケンって子は、曇さまの正式な使者なの？」

「雷龍珠と父上直筆の手紙を持ってるんだから、これ以上なく正式だよ」

「だったら行列でも仕立てて道案内を立てればよかったのに」

「それが……ちょっと事情があってさ」

今度は砕がそう言う番だった。そして、事情を一通り聞いた雫は何も言わず、目をまん丸にしてしばらく言葉を失っていた。

「どうした」

「いや、似たような話ってあるんだなあって思ってさ。そのトウケンって子、何だかうちの人と似てるわねえ」

感心したように頷くと、夫との馴初《なれそ》めを語り始めた。

雫は涇水《けいすい》のほとりで雨を呼ぶ羊、雨工《うこう》を牧している時に後に夫となる柳毅《りゅうき》に出会ったそうだ。その時、雫は涇水君という龍神の妻であったという。

「今となっては思い出したくもないことなんだけど」

父の言うままに嫁いだ先は、ひどい所だった。涇水君は霏を下女としか見ず、姑《しゅうとめ》は霏をいびり抜いた上に、家畜の世話を押しつけた。しかも父の洞庭君に連絡を取らせないよう、羽衣を取り上げて身動きを封じたのであった。

「そんな時、夫に出会ったの」

会話を重ねれば重ねるほど、二人は惹《ひ》かれ合ったが、想いを告げることはなかった。霏を助けたかった柳毅は羽衣を奪い返して、洞庭君の眼前へと至り、霏の窮状を訴えた。これにより夫であった涇水君の非道がばれ、離縁は成立。涇水君は霏の叔父である銭塘君《せんとうくん》に殴り飛ばされた。柳毅を義人であると感激した洞庭君は、彼に霏を与えようとした。

「でもあの人は頑固だから、義によって助けただけで嫁をもらいたいのではないと突っぱねて、私は宙ぶらりん」

「宙ぶらりん？」

「お父さまも大事な娘をやるといった以上引っ込みがつかないんだけどあの人は肯《うなず》かない。私は身の振りようがないじゃない。その上、涇水君があちこちで私の悪口を言いふらしたもんだから、どうにも水中で居心地が悪くなって」

父が黙って見過ごしてくれたのを幸いに身元を隠し、姿を変えて柳毅に近づいたところ、柳毅にあっさりと受け入れられて、二人は結婚した。雫はどこか寂しさも感じていたけれど、他にどうすることもできなかった。しかし数年経《た》って、勇気を出して正体を明かすと、柳毅は表情を輝かせた。二人の想いは同じだったと分かった雫は喜んだが、柳毅はやがて眉《まゆ》をひそめて考え込んだ。

「あなたを想わぬ日はなかったが、もう二度と会えない、会うべきではないと思っていた」

何故ですか、と雫が訊ねると、

「あなたは龍王の娘。私は人間でしかも一介の書生に過ぎない。どれほど想っても、その想いが互いを不幸にするのであれば、共にいるべきではない」

そう思い悩む柳毅に、雫は凛《りん》として想いを告げた。

「あなたのような義勇備わった方が、己の想いに忠実でないのは悲しいことです。私はあなたにこの命を託す覚悟で陸《おか》に上がってまいりましたし、その証《あかし》を得ることも出来ました」

柳毅はその言葉に胸を打たれて己の不覚悟を詫《わ》びた。

「あなたとは添い遂げるべき縁がある」

そして改めて洞庭湖に赴き、龍王の婿《むこ》となったのである。

そこまで話したあたりで、扉が騒々しく開いた。一人の男がどすどすと床を踏み鳴らして入ってくると、

「おやいらっしゃい小さな可愛《かわい》いお客人。雫がお友達を招いているとは珍しい。私は雫の夫の柳毅と申す。よろしくな！」

と明るく砰を歓迎した。

「あらあなた、おかえりなさい」

「おうただいま。俺も友を連れて来たぞ。お客の相手をしているところを悪いが酒を出してくれ」

体格は雫と変わらない、男にしては小柄ではあるが、やたらと快活である。もともと呉《ご》の書生で縁あって雫の夫となっている、と手短に柳毅は自己紹介した。そして玄関に向かって、どうぞ中へと呼びかける。引き続き地響きがして入って来たのは、巨大な龍だった。

「銭塘のおじさま、ようこそいらっしゃいました」

龍に向かって雫は恭《うやうや》しく腰をかがめる。

「いや何、ちょっと巡回していたら途中で婿殿に会ったのでな。意気投合して酒でも飲もうとここまで来たんだ」

「父のところには挨拶に行かれたのですか」

「兄者の顔を見るのは後でもいいではないか」

だめです、と雫は厳しい口調で言った。

「夫のために銭塘君が礼儀を失ったとあっては、何を言われるかわからないのですよ。おじさまは父も一目置く銭塘江の王です。それほどの方が夫の足を引っ張るようでは困ります！」

その剣幕に、ごつい銭塘君も柳毅も肩を落としている。砕も雫の勢いに驚いて目をぱちくりさせた。

「あら見苦しいところを。ごめんあそばせ。おほほ」

取り繕うがもう遅い。

「お前、亭主を尻に敷いてるんだな」

砕が感心すると、

「小さいのが生意気言ってるんじゃありません」

と肩をはたかれた。角から稲光が漏れるほどの強烈な打撃である。

その勢いのまま雫は台所へ向かい、酒肴《しゅこう》を作り始めた。その間、柳毅と銭塘君は砕の話を興味深げに聞いていた。

「この辺りは水が豊かだが、それ故《ゆえ》に知らぬ者が入り込むと迷いやすい。砕の友も誰か別の龍王宮に行っているのかもしれんな」

砕は銭塘君の前に跪き、龍王さまのお力で董虔を探して下さい、と頼んだ。水の中ではさすがの雷王の子もどうしようもないのだ。

「誠に気の毒だが、わしにはそこまで力はない。湖南総水都虞侯《とぐこう》として龍軍を預かってこの地を流れる水の平安を守っておるが、迷い人の捜索までは出来ないのだ」

その時、ずっと黙っていた柳毅が口を開いた。

「義父上《ちちうえ》の力を借りようではないか」

銭塘君は賛成したが、雫はいい顔をしなかった。

「出しゃばっていると思われないでしょうか」

「義を見てせざることこそ、出しゃばるより恥ずべきことだよ」

と柳毅は妻を諭す。砕は結局、湖南の水を司る龍王の力を借りることになった。

5

宮殿の扁額《へんがく》には、龍が躍るがごとき筆致で「霊虚殿《れいこでん》」と大書されていた。

「大丈夫？」

落ち着かない砰の顔を、雫は心配そうに覗き込んだ。

「洞庭君さま、董虔を探してくれるかな……」

「あなた、本当に董虔くんのことで頭がいっぱいなのね。こっそり洞庭湖に下りてきたのに、後で曇王さまに怒られることは心配しないの？」

「それも怖いけどさ」

銭塘君がそんな砰の様子を見て、微笑む。やがて洞庭君が姿を現し、一同は膝《ひざ》をついて拝礼する。白糸滝が取り囲む謁見の間で玉座に座った洞庭君は、豊かな髯《ひげ》を撫《ぶ》して頷いた。

「砰よ、久しぶりに会えて嬉しいぞ。お父上は息災か」

砰に優しい言葉をかけるが、その表情は、銭塘君と雫を引き連れた柳毅を前にしているにもかかわらず大変に渋いものであった。

「この霊虚殿に雫、銭塘、そして婿殿が並んでおると、嬉しくもあるが胸のあたりがざわざわするわい」

滝の音を圧して、ごうごうと洞庭君の声は響いた。

「して、今日はいかがした」

「お願いの儀がありましてまかり越しました」

柳毅は硄の友が雷龍珠を持ったまま行方不明となっていることを説明し、早急に各地の龍王に命を下し、董虔を探してもらいたいと申し出た。

「しばし待てぬか」

「私からもお願いします」

硄も叩頭《こうとう》して嘆願する。柳毅が続ける。

「雷王の使者にもし万が一のことがあれば、龍、雷のよき関係にひびが入りかねません。水面は無数にあるので別の宮殿に迷い込んでいる可能性が高いです。空からの援《たす》けが必要ならば硄にひと肌脱いでもらいましょう。何としても探し出さなければ」

だが、洞庭君の表情は渋いままだった。鼻の穴を大きく広げ、ただ荒く息を吐いている。

「何か様子がおかしくないか？」

硄は隣にいる雫に小声で訊ねた。

「お父さまがああいう顔してる時って、ほぼ間違いなく何か大きな心配事があるのよ」

突然、洞庭君は玉座から立ち上がり、人払いを命じた。広間に侍《はべ》っていた龍たちが退出し、柳毅たちだけが残される。洞庭君は一同を玉座の前に集めると、懐から一通の書状を取り出した。

「雫、読んでやってくれ」

書状を広げた雫は目を見開き、眉間《みけん》にしわを寄せて何かを言いかけたが、やがて一つ咳払《せきばら》いをして読み出した。

「帝王の証はすべからく帝王のもとに集まるべし。いま、奇縁により天地の水を司る至宝、わが手に至れり……」

雫は続きに目を走らせ、あまりの内容に口を押さえた。洞庭君が引き継ぐ。

「これから涇水の王の証を持てる自分が湖南の河川湖沼全《すべ》てを統治するから、慶賀の挨拶に来いという命令だ」

砕は王の証が雷龍珠を指すことに気付いて青ざめた。だが彼が怒りを表す前に、どん、と宮殿が揺れ砕は転がった。じっと黙っていた銭塘君が拳を床に打ちつけている。数丈に渡って分厚い石敷きの床は割れ、転がった砕は危うく落ちそうになった。

「道に迷った使者を捕えて至宝を奪い、王になることを宣するとはあの愚か者が！拳一発では目が覚めなかったとみえる」

立ちあがった銭塘君は怒りで喉元の逆鱗《げきりん》を波打たせながら、洞庭君に出兵の許可を求めた。

「これは兄者、雷龍珠を守るあなたに対する反逆だ。反逆者は滅ぼすしかない。すぐに出兵の許可をくれ」

だが洞庭君は、ならぬ、と拒んだ。

「何故ですか」

「雫の一件で我が一族は大いに恥をさらした。これでわしが雷龍珠を失ったことが明るみに出て、さらに武力を以《も》って涇水の奴を滅ぼしたとあっては、天下の龍と雷に面目が立たん」

「そうなら、俺が一人で行ってとっちめて来てやる」

「以前お前に任せたばかりに、どれほどの被害が出たか忘れたわけではあるまい。龍、魚、蛙など殺すこと六十万、地上の田畑を壊すこと方八百里、あまつさえ涇水を喰おうとしたであろう。あの後始末にどれだけわしが苦労したか」

銭塘君はみるみるしょげ返った。

「涇水君は我が一族でも持て余しているばか者だが、それでも天帝の命を受けて大河を引き受けているのだ。そう簡単に手を出すわけにはいかん」

「では王位を譲るのですか」

「そんなことが出来るわけなかろう!」

二人の龍神は目をいからせて睨み合った。

「俺が行きます!」

そこに砰が立ち上がって、声を上げた。

「俺は湖南雷王の子です。使者に立てば涇水君も話を聞いてくれるはず」

だが洞庭君は表情を鎮《しず》め、ゆっくりと砰に語りかけた。

「気持ちはありがたい。しかしこれは、あくまでも龍神界のことである。砰は黙っていてくれ」

「だって、董虔が捕まっているんですよ!」

頭に血が上っている砰の肩を、柳毅が押さえた。

「ここは龍の国だ。砰の気持ちはよくわかるが、国の流儀をおろそかにしてはならないよ」

そう諭すと、

「私に考えがあります」

柳毅が静かに進み出た。

「曇王さまから遣わされた使者、董虔という者は私と同じ人間だそうです。縁あって湖南雷王宮に住み、これなる砰と共に雷族の一員として暮らしているとか」

「そうなのか」

驚いた洞庭君は砰を見て、

「人間ごときにそのような大役を任せるとは……」

と呟《つぶや》いてしまい、慌てて口を押さえた。だが柳毅は気にする素振りも見せず、

「雲の上と湖の底と立場は違えど、同じく自ら望んで異なる世界に踏み込んだ者として、助ける義を感じます。私は龍王の娘婿であり、かつ人間が何たるかも知っています。何とぞ私にお任せ下さい」

と申し出た。

「ふうむ……」

洞庭君はしばし考えに沈んだ。

「それに涇水君は、我が妻に未練がある様子です」

「あれだけひどい目に遭わせておいて今更、何の未練だ」

「ここ最近、態度を改めるからやり直してくれ、との手紙が何通も」

ここに至って、洞庭君は顔を真っ赤にして地団駄を踏んだ。だが何度も深呼吸して冷静さを取り戻すと、荒い息をつきながら柳毅に命じる。

「良かろう。しかし婿殿、大騒動になるようなことは止めてくれよ」

「なりそうだったら俺が止めてやるわ」

横から銭塘君が口を挟む。

「それがいかんと言うておるのだ」

洞庭君は頭を抱えた。


柳毅は屋敷に帰るなり、すぐさま旅の仕度を整えた。

「明朝には涇水の宮殿に着きたい。砰くん、君も来るんだ」

「言われなくても行く。雷龍珠があるなら、董虔もいるんだろ。絶対に助けてやる」

息巻く砰をじっと見つめ、

「それは駄目だ」

厳しい声で柳毅はたしなめた。

「君は私の従者としてついて来るだけだ。もし雷神としての力を使えば……」

「使えばどうなるってんだよ」

「董虔は君の友ではなくなる」

「何言ってんの？　洞庭君が騒ぎを起こすなって言うからびびってるのかも知れない

けど、もし董虔が危ない目に遭ってたら、俺は暴れる」

「そんなことでは連れて行けない。銭塘君を連れて行く」

「じゃあ一人でも行くよ」

「君が一人で行っても、涇水の門は開かない。龍にゆかりのある者でなければ龍王の宮殿に入ることは出来ない」

二人を見てため息をついた雫は、砰の手を引いて外に連れて行く。

「夫があぁ言う時は、何かしっかりした考えがあるから大丈夫よ」

「しっかりした考えって何？」

さあ、と雫が首を傾げるのを見て、砰は呆《あき》れ果てた。

「でもね、砰くん。夫は私の覚悟を見て、人間の世界から龍の世界に来てくれた。さっきの父の態度でわかったかも知れないけど、人が龍の間で生きていくことは大変なの。術や丹薬の力を借りなければ水の中で暮らせないし、川を守ることだって出来ない。ばかにする者がいて当たり前なのよ。ここは龍の世界なんだからね。でも夫には龍王にも曲げられない、気魄《きはく》と信義がある」

だから任せられるのだ、と雫は言った。

「あなたの人間の友が、どうして雷の世界に足を踏み入れて、曇さまの使いにあなたの手助けを頼まなかったのか、よく考えてみて」

砰は納得がいかなかったが、もう時間もないのでとりあえず頷いた。行ってしまえば何とでもなるはずだ。

6

涇水の底深く、日の光も入らない暗い牢に、董虔が押し籠《こ》められて一晩が経った。既に洞庭君の宮殿でないことは董虔にも明らかで、時折見回りに来る渓曼ももはや隠していなかった。

食べ物は半ば腐りかけた魚と水だけ。だが、極貧の中に暮らしていた董虔は、それでも平気だった。ただ、曇に任された仕事をこなせないことが、悔しかった。

「なあ、董虔よ」

渓曼は牢の向こうから声をかける。

「その雷龍珠、わが主《あるじ》に渡してくれんかね。大王は別にお前が憎いわけじゃない。力を得て天地に害を為《な》そうというわけでもない。ただ湖南の頂点に君臨したいだけなんじゃわ」

董虔は牢の真ん中に座り、ぴんと背筋を伸ばしている。

彼は牢に入れられてから一晩中、雷術の鍛錬をすることで、自らの無聊《ぶりょう》を慰めていた。だが、いくら練習してもわずかな閃光《せんこう》が飛び散るばかりで、砰のような立派な光は出せなかった。

渓曼は長い髭を左右に揺らしながら、時折董虔のもとに頼み込みに来る。

「渓曼さんは、涇水君のことが大好きなんだね」

不意にそんなことを言われて渓曼は髭を跳ね上げた。

「あ、当たり前だ。わしほどの忠義を王に捧《ささ》げている者はおらぬ」

湖南の水を全て統治したいというわりに、宮殿が寂しい理由を問うと、

「王は以前いささか大きなしくじりを犯し、多くの臣下を失ったんじゃ。それ以来、臣下たちの仇《かたき》を取るために湖南の水を全て掌中に収めたいと妄念《もうねん》を抱くようになったのだよ」

牢の前に腰を下ろし、渓曼は疲れた口調で言った。

「だから雷龍珠おくれ」

「駄目です」

そこだけは譲れなかった。そこに、小さな蝦《えび》が飛び込んで来た。

「渓曼さま、洞庭君の娘、雫さまの夫が王にお目通りを願っております」

「ぐ、軍を率いておるのか」

「いいえ、従者を一人連れたきりで。何でも内々にお祝いを申し上げたいとか」

「何のお祝いだ？」

「何のって……わが王は湖南全ての水をご統治なさるのでは」

「それそれ！　よし、王にはわしから話しておく。すぐに通せ」

小蝦は後ろ向きに跳ねて出ていく。

「今の蝦さんは？」

「ありゃ門番じゃ。人材不足でな。ともかく使者の謁見となればわしも王の傍に侍らねばならぬ。じゃあな」

そう言って渓曼は牢を出て行った。董虔はため息をつき、背筋を伸ばして修行を再開した。

その頃、柳毅と砰は涇水君の王の間へと通されていた。

「誰もいないじゃんか」

柳毅の従者として、龍神の衣と角が隠れる大きな頭巾《ずきん》を身に付けている砰は、辺りを見回して驚いていた。通されたはいいが、玉座に王も座っていない。広間に列する百官の姿もなく、賑やかな曇王や洞庭君の宮殿とはあまりにも違っていた。

「雫の一件で銭塘君の怒りを買い、ほぼ全滅させられたからな」

「なのに龍の王を名乗るの？　変なの」

「だからこそ、だ。何も拠《よ》り所がなければ、最後は唯一《ゆいいつ》持っているものにすがりたくなるものだよ、なまじ権威の近くにいるだけに、尚更《なおさら》だ」

そんな話をしていると、髭の長い鰻の大臣が現われて、涇水君のお成り、と間延びした声を出した。言った後、大臣自ら玉座の近くに行くと、御簾《みす》を下げた。砰はきょとんとしていたが、柳毅に促されて叩頭する。

ばたばたと足音がして、椅子の軋《きし》む音がした。

「顔を上げよ」

重々しい声がして、柳毅たちは玉座を仰ぎ見る。御簾を巻き上げると、大柄な龍が王の大衣を着て座っている。渓曼がしずしずと脇へさがりかけると、御簾が床に落ちて派手な音を立てた。気まずい空気が広間を覆うが、柳毅は表情を変えず、恭しい態度を崩さなかった。

「雫の夫が祝いを述べに来たとは、奇特なことであるな」

「はい。真の龍王が誕生されたと噂《うわさ》で聞きまして、まずは内々にご挨拶にまかり越しました」

「お前は人の身でありながら、身の程知らずにも龍の間に暮らし、あまつさえ王の娘まで娶《めと》るなど生意気なやつと思うておったが、中々目端《めはし》も利《き》くのじゃな」

柳毅は恐縮した表情を作って平伏した。

「で、祝いと言うが、あれか、手ぶらか」

涇水君は貧乏ゆすりを始めている。何という下品な奴だ、と砰は苛々《いらいら》してきた。だが柳毅が横目で睨んでいるのに気付いて、平伏を続ける。

「もちろん、何か気の利いた物をと思いましたが、ここは大王のお望みのものをお贈りするのがよいかと考えまして。どうぞ大王よ、お望みのものを仰《おつしや》って下さい」

「何でもいいのか」

「もちろんです」

「男に二言は……」

「もちろんございません」

涇水君は顔を柳毅から逸《そ》らし、ちらちらと視線を送りながらしばらく黙っていたが、

「お前の妻、雫は息災かね」

「大王のおかげさまをもちまして、元気にやっております」

「そうか。わしがこの湖南に君臨したあかつきには、挨拶によこせ」

砕はあまりの下劣さにこめかみが痙攣《けいれん》して来たが、それでも我慢する。しかも柳毅は、

「もちろんです。一晩でも二晩でも、酌をさせてやって下さいませ」

などと言う。何が信義の人だ、と怒鳴りかけた時、柳毅がふと思い出したように、

「見たところ、陛下は王の証である雷龍珠を身に付けておられないようですが、どこにあるのですかな。私は下賤《げせん》の者ではありますが、一生の思い出に是非拝ませていただきとうございます」

と三拝した。ぎくりと肩を震わせた涇水君は、しどろもどろになって渓曼に助けを求める。大臣の鰻も目を白黒させていたが、やっとのことで、

「曲者《くせもの》が、ちょっとな」

と絞り出した。

「曲者、と申しますと？」

「雷の子供が一人迷い込んで、誤って雷龍珠を身に付けてしまったのだ」

ほうほう、と興味深そうに柳毅は頷いた。砕は肩がびくりと震えるのを我慢できな

かったが、しどろもどろの涇水君は全く気付いていない。

「雷龍珠は王たる者が身に付けて初めて力を発するとか。ぜひその様をお見せ下さいませ。さすれば湖南のあらゆる川、湖沼を巡って大王さまの偉大さを喧伝《けんでん》してまいります」

ぱっと目を輝かせた涇水君は、あの子供を連れてまいれと渓曼に命じた。渋っていた大臣は叱り飛ばされて走り出て行く。

しばらくして後ろ手に縛られた董虔が姿を現した時、今度こそ砰は立ち上がりかけた。だがそれより一瞬早く立ち上がった柳毅が砰の足を強く踏みつける。そして大仰な所作で、雷龍珠の美しさを称《たた》えた。

「このような子供が身に付けてすらこの輝き。大王さまの手にあってはどのような光を放つのでしょうか。我が目を潰《つぶ》されても、その輝きを見とうございます」

渓曼はその間にも、董虔に珠《たま》を渡すよう囁《ささや》き続けているが、董虔は頑として頷かない。砰は足の痛みに柳毅の意志を感じて、じっとくちびるを噛んでいる。

「任せよ」

そう柳毅は呟いた。

「あんたに？」

「違う。友に、だ。これから何があっても、お前は動いてはならん」

苛立った涇水君は、長い尾で董虔を叩き、そして締め上げている。だがそれでも、董虔は苦しい表情すら浮かべず泰然としている。

「さっさと雷龍珠を渡さぬか、この！」

ぶんぶんと董虔を振り回した涇水君を見ながら、砗は怒りの雷を身にまとい始めた。

「先ほどの私の言葉を忘れたのか」

「忘れちゃいないけど、このままだと董虔が死んじゃうよ」

「もう一度言う。いま助けに入れば、お前たちの友誼《ゆうぎ》は永遠に死ぬ。信じて、任せよ」

「見殺しなんて友だちのやることじゃない！」

「信じて、任せるんだ」

涇水君は董虔を頭から喰らおうとしていた。

「渡さぬのなら、食いちぎるまでよ」

狂暴な牙が砗の目を射る。もう我慢できない、と雷撃を放とうとした瞬間、董虔と目が合った。その目にはやはり怯えはなく、まっすぐに砗を捉《とら》えていた。砗は放ちかけていた雷光を収め、瞬《まばた》きもせず董虔を見つめる。

「……あんな風に振り回されているのに、光が消えていない」

「光が？」

「董虔はなかなかあれが出来なかったんだ。角に雷の力を溜《た》めて、大きな稲妻を放つことが出来ないと、一人前の雷神じゃない」

「囚《とら》われている間も修行をしていたのか。心の強い子だ」

柳毅は感心したように腕を組んだ。

そうこうしているうちに、董虔の体が、ついに涇水君の口に飲み込まれた。

ごくりと飲み込んだ涇水君は得意げな顔をしていたが、やがて口を押さえた。小さな光が牙の間からこぼれて消える。そして目が光り、耳からちかちかと閃光が漏れたかと思うと、強烈な光が放たれた。最後に鼻から激しい煙が噴き出すと同時に口が大きく開き、飲み込まれたはずの董虔が飛び出て来た。砰は身を挺《てい》し、抱きとめる。

「出来たよ！」

董虔は手足を振り回して笑っている。砰が見たことのないほどの、満面の笑みだ。

「出来たって何が？」

「砰に教わっていたこと。見てて！」

董虔は立ち上がり、すっと背筋を伸ばして両手を軽く広げる。頭頂部の小さな角に光が集まり、どんどん大きくなっていく。砰の顔も喜びと驚きに覆われる。

しかし菫虔は一度笑顔を収めると、砰の前で大きく胸を反らした。

「ぼくは雷神なんだ。砰と同じように雲にも乗れるし、雷も打てる。だからお守《も》りはもういらない」

「俺がついてないと雲に乗っても迷うし、食われかけないと雷も出ないじゃないか」

「そんなことない。もう手を引いてもらわなくてもいい。これからはぼくが砰を守ってあげるよ。何なら勝負する？　ぼくがもう自分の足で雲の上に立てることを、砰は知らなきゃいけないよ」

と菫虔はにっと笑いながら、砰の胸に指を突きつけた。

「ぼくはやっと、雷神である自分を信じることが出来たんだ。曇王さまが仰ったように、砰と背中合わせになっても立っていられるんだ」

「生意気！　じゃあ力を見せてみな」

「見せてやる！」

菫虔は全身に力を込めると一気に解放した。雷光は巨大な柱となって宮殿の天井を突き破り、大量の水が流れ込んでくる。慌てた渓曼が目を回している涇水君を抱え、菫虔の前に膝をついて許しを請《こ》うた。

「あ、そうか。壊したら悪いよね」

「いいんだよ。こんな奴の宮殿、壊しちまえ。それより勝負しようぜ」

と砰が息巻く。だが董虔は、

「家がなくなるのは悲しいことだし、渓曼さんは王さまのことが好きだから」

そう言って砰を止めた。

「いい判断だ。今の君の務めは、雷龍珠を正しい送り先に届けることであって、涇水君を罰することではない」

柳毅は頷き、

「洞庭湖まで案内しよう。ついて来なさい」

と董虔たちを先導した。

7

晴れた湖南の空、洞庭湖の上空では、雷鳴がひっきりなしに鳴っている。

「言い古された言葉だが、災いが転じて福となったな。曇王もお喜びだろう」

柳毅の言葉に、雫は微笑んで頷く。

「まさか菫處がよりにもよって涇水君の宮殿に迷い込んでいたとはな」

「しかも迷った先から、これからはこちらが湖南龍王だという使いが行ったものだから、雲の上も大騒ぎだったそうですよ」

小さな雷神が二人、術を競い合っている。広大な洞庭湖の上は人里からも離れ、飛ぶ鳥も少ない。曇と洞庭君の許しを得て、砰と菫處は心おきなく雷を放っていた。

「元気一杯ですね」

「いいものだ。友と遊ぶのは」

雫と柳毅は、湖面に浮かぶ大きな蓮《はす》の葉に卓を置き、小さな蓮の葉を日よけにして雷雲が空を縦横に飛ぶさまを見ていた。初めてのお使いを無事終えることが出来た菫處は、身に付けた雷術で砰に挑戦している。

銭塘君に締め上げられた涇水君は謹慎を命じられ、忠実な渓曼に諫《いさ》められて野心を収めるに至った。温暖な風の下、湖南の水は今日も平穏である。

「砰くん、よく我慢しましたね」

「途中、ちょっと危なかったが、頑張った」

「踏まれた足がまだ痛いってむくれてましたよ」

「友を失う痛みに比べれば、何のことはないよ」

雫は、口には出さないが夫が人間界に多くのものを置いてきたことを知っている。友も、家族も、学問も、全て捨ててきた。

「それでも、捨てたからこそわかることもある。私は龍の間に暮らして己の無力さを知った。大いなる自然を司る龍や雷に、私は決して敵《かな》わない。だから人として、頑なほどの信義と気魄を己に課した。決して屈せず、命を折られようと心は折れないと誓った。だからこそ、銭塘君のような友を得ることができ、雫の夫としてもいられるのだ。まだまだ不安な思いをさせているようだがな」

雫はしばし目を伏せた。

「不安に思うのは、どこかであなたが生き物として弱い、人間の一員であると思っているからかもしれませんね」

「それでいいんだよ」

しかし、と柳毅は嘆息して茶を啜《すす》った。

「あの董虔という少年はすごいな。私も、龍の間に住んで龍になろうとは思わなかったのに、彼は雷の間にあって、雷になろうとしている。普通、人間は仙人になることは辛うじて出来るが、それも仙骨という限られた条件があってこそだ。間違っても龍や雷にはなれない。少なくともそう私は信じてきた。だがそんな壁も、乗り越えられるかもしれないと菫虔は示した」

「変わった人間、なのですね」

雫の言葉に、柳毅はゆっくりと首を振った。

「人のあるべき姿、なのかも知れないよ。私にはきっと、無理だろうがな」

二つの雷光がぶつかり合い、ひときわ大きな輝きを放った。柳毅は立ちあがって手を叩き、雫もそれに和した。

競漕曲
きょうそうきょく

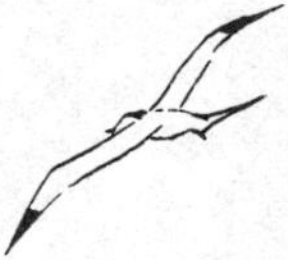

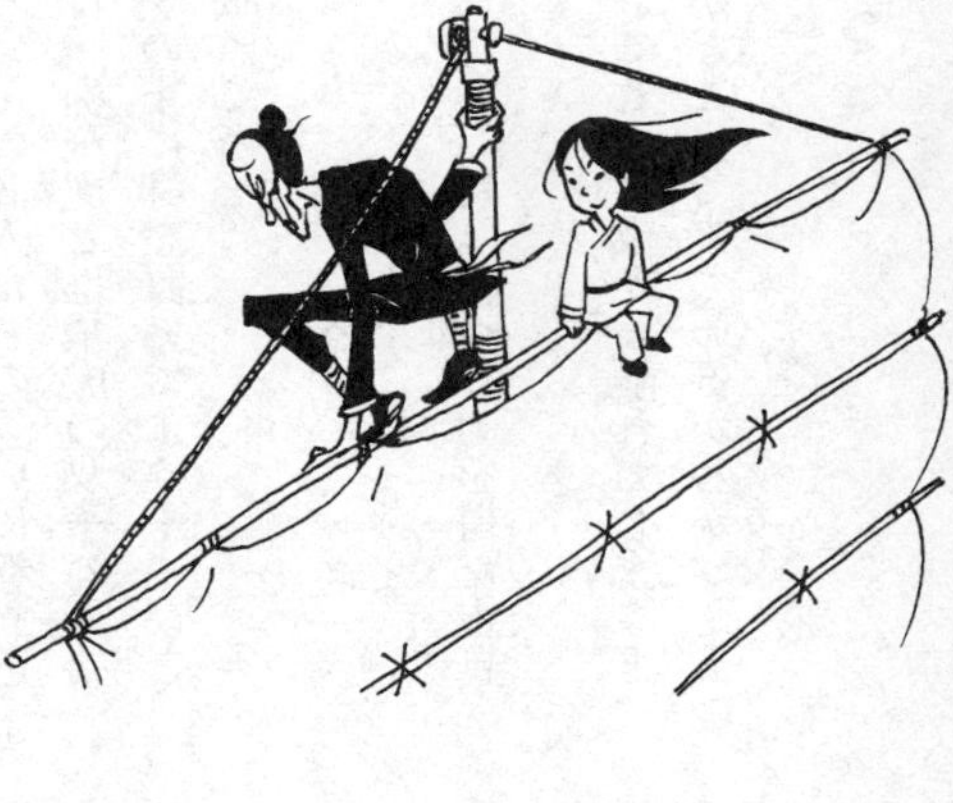

1

広州の街で劉欣《りゅうきん》が一行に加わった直後のことである。苗《ミャオ》の商人たちの争いに巻き込まれ、刺史《しし》が差し向けた追手を振り切った僕僕たちは、引飛虎《いんひこ》と推飛虎《すいひこ》の双子の兄弟が乗った帆船に同乗して港を出た。果てしない水平線の上に身を置いてようやくひと息ついている。波は穏やかで、外海とは思えぬほど凪《な》いでいた。

「吉良《きら》、ご苦労だった」

「あれしきのこと」

僕僕がねぎらうと、痩《や》せ馬の姿に戻った天馬は鼻を鳴らした。哨吶《ラッパ》に力を得た吉良は跳躍し、王弁たちを船上まで連れて来たのだ。

「それより、この中に海を知っている者はいるのか。これだけ浜から離れてしまうと、私も皆を乗せて陸に戻るのは難しい。それに、追手がどこまで来ているかわかったものではないからな」

吉良の言葉に、王弁が不安そうに左右を見る。

「俺たち、今どのあたりにいるんだろう」

そう彼が呟《つぶや》くと、風に揺られていた薄い皮がするすると帆柱を伝って登り、

「何も見えない～」

と歌うように言った。薄妃《はくひ》である。

「ボクはこうして海を漂うのは初めてだな」

仙人の僕僕が舳《へ》先《さき》に座って、これまた暢気《のんき》な口調で言っている。

「苗人の二人はどうだ。船は操れるか」

「とっさに船を出したはいいものの、海の上はさっぱりです。私たちは山の民ですからな」

勇ましき苗の商人、引飛虎と推飛虎も首を振る。

「あんたはどうなのよ」

王弁の懐《ふところ》から顔を出した蚕嬢《さんじよう》が噛《か》みつくような口調で言うが、

「船ってどうやって動かすの」

と王弁は逆に訊《き》き返す始末だ。

気に入らん、と劉欣は思った。劉欣自身はどこにいようと生き延びる自信はあった。

皇帝直属の間者集団、胡蝶房《こちようぼう》の訓練に比べれば地獄ですら生ぬるい。彼は間者であり、

暗殺者である。

「キミには期待していないけどね」

「先生、人には得手不得手があります」

「弁の得手を見たことがないから、早く見せてくれたまえ」

　のんびりした師弟のやりとりを聞いていると、妙に腹が立つ。標的に対しては何の感情も抱かないよう鍛錬を重ねてきた。感情が波立っている時は、敢《あ》えてそこを見る。心に巻き起こる波は動きの乱れに通じる。動きが乱れれば思わぬ失敗をする。

　じっと海面に視線を落としていた劉欣は、自分が戸惑っていることに気付いた。胡蝶房の仲間である元綜《げんそう》と戦った際に、仙骨というものが己の中にあることを知った。仙人のように、人の持つあらゆる強さを凌駕《りょうが》する力の源だ。

　これまでなら、信じられなかっただろう。だが、仙人の存在と、自分の仙骨が力を発揮するのをこの目で見てしまった。その力を操ってみたい、と願う心が戸惑いの元となっている。

　元がわかれば、恐れることはない。劉欣は少し気持ちが晴れて、水平線の向こうを見た。と、その横で、おええと呻《うめ》く声がしている。大きな蚕がぐったりしていた。

「見てないで背中くらいさすりなさいよ」

「芋虫に背中があるのか」

「あるわよバカにしてんの」

劉欣は南西の空に、黒い点が現れるのを見ていた。

「これから荒れるぞ」

「こんなにいいお天気じゃない」

柄杓《ひしゃく》に入った水を劉欣に飲ませてもらいながら、蚕嬢は空を見上げた。

「あそこだ」

彼女を持ち上げて、雲の方に向ける。

「あんな小さな雲で荒れるの？」

「黙って遠くを見ていろ。酔いも醒《さ》める」

彼は風と潮を読んでいた。海での鍛錬をしたことはあるが、ここまで沖に出たことはない。風はぴたりと止《や》み、船はほとんど進んでいない。風は北東に向かって吹いているのに止まっているということは、船の下に逆方向の流れがある。

「嵐《あらし》の海か……」

どのようなものか興味はあった。

「生易しいものじゃないよ」

いつの間にか、僕僕が隣りに座っていた。

「逃げないのか」

「どうしてボクが逃げる必要がある」

「雲にも乗れるのだろう？」

「もちろんだ」

「素人《しろうと》ばかりが乗っている船で嵐に遭えば、全員死ぬぞ」

仙人はくすりと笑った。優しげだが、どこか腹の底が震えるような冷たさも感じる。迂闊《うかつ》に戦いを挑めば一瞬にして命を消し飛ばされるような、そんな得体の知れない横顔である。

「あの雲、こちらに近づいてきている」

「仙人がいても天の風は味方してくれないようだな」

「そうじゃない。あの雲は、ボクたちの船を目指して進んでいる。狙《ねら》いを定めてね」

「そんなバカなことがあるか」

「あるから面白い」

そして半刻《はんとき》もしないうちに、空は分厚い雲に覆《おお》われ、海は荒れ始めた。

「な？」

「な、じゃないでしょう!」

王弁は必死に帆を下ろしている。劉欣はそれぞれに縄を渡した。

「これで帆柱に体を縛りつけろ」

「そんなことしたら死んじゃうだろ!」

「先に殺して欲しいか」

劉欣に脅されて王弁は涙目になりながら、帆柱に体をくくりつけた。劉欣も同じようにする。この漁船がすぐにばらばらになれば、できるだけ大きな破片に体を固定して波間を漂っていく方が生き延びる望みは高まる。

「先生!」

王弁が僕僕を呼ぶ。

「先生の術でこの嵐を何とかして下さい」

「どうして? こんなに気持ちがいいのに」

僕僕は舳先に立って両手を大きく広げている。船は波の間で舞い踊っているというのに、ふらつきもしない。劉欣はつくづく仙人の体術に感心した。

「俺たちみんな死んでしまいますよ!」

「ボクは死なない」

「そうでした……いや、俺が死んでしまいます」

「しばらくの我慢だ。この嵐はボクたちを殺しに来たわけじゃない。どちらかと言えば、救いの嵐なんだよ」

大きな波が立て続けに船を襲う。劉欣は気を失わないよう気をつけていたが、舷側《げんそく》を越えて叩《たた》きつけた波の衝撃で、意識を失ってしまった。

2

どれだけ長い間眠っていたんだ、というほどに体が軋《きし》んでいた。劉欣はどのような過酷な場所でも自在に、しかも快適に眠ることができる。岩の上だろうが氷の上だろうが、体が痛くなることなどなかった。

強烈ではあったが、波に打たれて気を失うなど自分も衰えたものだ。苦笑しながら見上げると、深い藍色《あいいろ》をした空に、鬼神がちぎり取ったような丸い雲がいくつも浮かんでいた。

「起きたか」

舳先から声がしたので、帆柱に体を縛りつけていた縄を切って立ち上がった。僕僕は嵐の前と同じように舳先に立ってその先を見ている。これまでと違うのは、その背景に大海原ではなく港のにぎわいがあることであった。

「ここは？」

「海の上にある桃源郷《とうげんきょう》だよ」

港にはぎっしりと帆柱が立ち並んでいた。停泊中の船は帆を巻き取ってあるが、船体を見ればどこの船かおおよそ区別がつく。巨大な船体の唐の船、平たい桶《おけ》のような倭国《わこく》の船、尖《とが》った船首が特徴的な波斯《ペルシャ》の船、他にも天竺《てんじく》船やはるか南方の室利《シュリ》船の姿もあった。

船の種類だけで見れば広州によく似ている。ただ、あまりにぎっしりと船が詰まっているため、港の様子が見えない。役所の建物を見れば、少なくともどこの国にいるかはわかる。劉欣は頭の中で海沿いの地図を広げる。

どれだけ風と潮が速かろうと、限界がある。東なら広州の沖合にあるいくつかの小島、西なら海南島がせいぜいといったところのはずだが……。

「と、思うよね」

舳先から帆柱の上に飛んだ僕僕は手招きした。劉欣もするすると柱を登り、僕僕と並んで港を見ると、いかにも広州や福建あたりの港に多い、黒ずんだ石積みの建物が並んでいる。通りは賑《にぎ》わっており、赤銅色《しゃくどういろ》に焼けた海の男たちが往来していた。

南北を見ると、ちょうど港を守るように長い岬が延びている。沖合には小島があって、そのおかげか港の波は随分と静かであった。

何の変哲もない島だが、これだけ大きな港なら船大工くらいいるだろう。すぐに出港できる、と劉欣は安心した。嵐のせいで船体に穴が開き、今登っている帆柱にもひびが入っている。

「まあこれを見てくれ」

僕僕は彩雲《さいうん》を呼ぶと、空へとゆっくり上がっていった。何をしているのかと見上げていると、十丈（約三十メートル）ほど上昇したところで止まっている。そして雲の上に仁王立ちになると、空に向かって両手を上げた。

「何をしている」

「壁がある」

劉欣は懐から小さな投げ刀、飛鏢《ひひょう》を取り出すと、空へ向かって投げ上げた。半里の距離を届く飛鏢が、十丈も行かぬうちに跳ね返される。次に吹き矢筒をくちびるに当てて、全力で放ってみたが、やはり空《むな》しく船上に落ちた。

「いてっ」

と下から王弁の声がしたが無視した。

「どういうことだ」

「強力な結界が張ってある」

「お前ほどの仙人なら何とかできるんだろう？」

皮肉を込めて劉欣は言うが、僕僕は首を振った。

「結界というのは、目的が絞られれば絞られるほど、その強さが増す。この港に、いやおそらく島全体にかけられている結界の目的はただ一つだ」

「島から出るな、ということか。しかし船乗りたちをこれだけ集めて、どうする気だ。海の神への供物《そなえもの》にでもするつもりか」

「そんなことをせずとも、海の神はその気になればいくらでも人を屠《ほふ》れる」

よく見ると、どの船も傷ついていた。帆は破れて垂れ下がり、舷側はへこみ、舵《かじ》は折れていたりする。嵐の猛威をくぐり抜けて来たことがうかがえる。

「助かった連中がこれだけいるということは、沈んだ奴《やつ》らはこの何倍もいるということだな」

「それでも人は海に出る」

劉欣は帆柱の上から下りて、船伝いに岸へと近づいた。船がびっしりと集まっているため、それぞれに板を渡して道にしてある。港には市が立ち、露店には果実が山盛りで、男たちが塩辛い声を上げながら商品をやりとりしていた。

男たちも船と同じように、様々な地域から来ているようであった。東方の低い鼻と黒い瞳《ひとみ》もいれば、西方の高い鼻と青い瞳もいる。金の髪もいれば赤い髪もいて、やはり広州と似た光景であった。

唐人らしき男に、船大工はいるかと訊《たず》ねると、力なく首を振った。石造りの建物はいくつもあり、鍛冶《かじ》屋や服屋、釣り具を売っている店すらあるのに、船大工だけがいない。

仕方なく、元いた船に戻ろうとすると、

「あんた、唐の人かい」

と天竺人らしい船員が唐の言葉で話しかけてきた。岸に一番近いところに停泊しているのは、大型の天竺船であった。船の長さが十五丈ほどあり、甲板には百人ほどの男たちが思い思いの格好で休んでいる。

「そうだ。船の修理をしてくれる職人を探しているんだ」

「やめときな」

「出られないというんだろう」

「修理しても無駄なのさ。唐の人間はせっかちでいけねえ。海の男は無駄だと思ったら日和《ひより》を待つんだ。海に逆らっても勝てるわけねえんだ」

「日和が来なかったらどうするんだ」

「あんた、陸の人間だな。しかもこの島の新入りだ」

初老の船員は白いものが入り混じった髯《ひげ》を捻《ひね》りながら、ちょっとバカにしたように笑った。劉欣は思わず殺意を覚えた。

「お前は長いのか」

「もう十年いる。あの頃はまだこんなに船はいなかったな。最近は外の景気もいいのか、入ってくる船が多くなったよ。ここの王も道楽が過ぎるぜ」

天竺人の声は乾いていた。

「王とは何者だ」

「島から出るには、島の王に挑んで真の海人《うみびと》と認められなきゃならねえ」

懐に手を入れかけた劉欣はその言葉で思いとどまった。

「どうすれば真の海人と認められる」

「ちょうどこれから、その難題に立ち向かおうっていう無謀な船乗りを見物できるぜ」

と沖に向かって顎《あご》をしゃくる。するとどこに隠れていたのか、宮殿が水上をそのまま動いているような、城楼船《じょうろうせん》が姿を現した。

3

外洋を渡る船は大型のものが多い。この島に停泊している船の中にも、二十丈近い長さを持つ大船が何隻《せき》もいる。僕僕一行が乗ってきた漁船は、もっとも小さい部類だと思われた。

「王の出す課題に挑めば島を出られるなんて、胸が躍るじゃありませんか」

薄妃が空にある見えない壁にぴたりと貼《は》りついて、日光浴をしている。

港から船を少し沖に出して劉欣も帆柱の上に登ると、城楼船の様子がさらにはっきりと見えた。

「退屈な中にも娯楽があるということだな」

僕僕も雲に乗って手をかざして眺めている。城楼船は石造りの堅牢《けんろう》そうな船で、どのような仕組みで浮かんでいるのか劉欣には見当もつかなかった。

「あれも術か」

「石にも色々ある」

　軽石か、と劉欣は悟った。だが、軽石であそこまでの高楼を築くのも大した技だと感心した。しばらくすると、城楼船の前に一隻の帆船が姿を現した。

「あれはどこの船なの？」

　薄妃の問いに劉欣は答えた。

「あの形は波斯《ペルシャ》あたりに多いダウ船だ。大きな三角帆と軽い船体で、荒い海でも軽々と越えてくる」

「かっこいいね。川船とは違った感じ」

「外海の波と風に乗るには、ああいった形が向いているのだろう」

　やがて、城楼船の門が開いて、一隻の船が進み出てきた。大きさはダウ船とほとんど変わらないが、船体は純白に塗られ、二本の帆柱が聳《そび》え立っている。そして、城楼の上に一人の恰幅《かっぷく》のよい男が立った。

「未熟なる海の男たちよ。大いなる我が手から逃れてこの荒波逆巻く大海に出たいと願う愚か者が現れた」

　と呼びかけた。あれが王か。

「この島より出たいと願う者は我が子たちの船、海王号と競い、海に出るに値すると自ら証《あかし》を立てねばならぬ」

その言葉を合図に、純白の帆がぱっと開いた。花が咲くような、鮮やかな開きぶりである。劉欣は帆柱にとりついている二人の若者の身のこなしに舌を巻いた。

「確かに王の名代として出てくるだけのことはあるな」

「相手の貿易船も相当な腕利《うでき》きのようだぞ」

波を蹴立《けた》ててくるりと円を描いて見せるダウ船を見て、他の船乗りたちも喝采《かっさい》を送った。どちらも技量が高いが、もしダウ船が勝って、島から出て行く瞬間をこの目で確かめることができれば、王の言葉が嘘《うそ》でないことがわかる。

「どちらが勝つ?」

「普通に競えばいい勝負だろうな」

「普通に? あの王がいかさまをするということか」

「この島には、入ってきた船を出したくないという強烈な結界が張ってあるからな。どんな手を使ってくるのか想像もつかない」

城楼の上に巨大な銅鑼《どら》が引き出された。王は背丈ほどもある桴《ばち》を振り上げると、大きく一度打ち鳴らす。それと同時に、二隻の帆船がゆっくりと動き出した。

劉欣は船の動きをじっと見つめている。

「のんびりしてていいねえ」

と王弁は暢気な感想を漏らした。だが、帆が風を受けると、船の動きは一変した。舳先が波頭を切り、横一線となって沖の小島を目指す。わずかに、ダウ船が先を行っているように劉欣には見えた。

港には歓声が上がっている。

「あのダウ船、相当やるな」

僕僕も雲の上に立ち上がって拳《こぶし》を握りしめていた。

「潮の流れというのは島の周囲で複雑になる。そして島を回れば風向きも変わる。ここからが勝負だぞ」

ダウ船は海王号の鼻先を抑えるように、小島を旋回し始めた。王の船は戸惑ったようにふらつく。これで優劣がはっきりしそうだ、と劉欣も考えた。だが、しばらくして島陰から先に姿を現したのは、白い船の方だった。

方向を変えても帆を巧みに操り、白き船体は速度を上げつつ港へ帰ってくる。王は城楼の上で嬉《うれ》しそうに手を叩いているが、港の船乗りたちからは落胆のため息が漏れた。城楼船の中に海王号が収容されてしばらくして、ようやくダウ船が帰ってきた。

「様子がおかしい」

劉欣が言うと、僕僕も頷《うなず》いた。帆は風を捉《とら》えておらず、よろめくように港へと入った。そして港の隅に錨《いかり》を下ろすと、早々に帆を巻いてしまった。

「どうだ、未熟な海の男たちよ」

王が得意げに港を見回す。

「我が子の船にも勝てぬ者が、大いなる海に勝てるわけがない。この港にずっといるがよいのだ」

わはは、と豪快な笑い声を残して王は城の中へと姿を消した。城楼船も岩陰へしずしずと下がっていく。その様子を見ていた船乗りたちは、それぞれため息をついたり首を振ったりしつつ、照りつける日差しの中で座り込むのであった。

劉欣は城楼船の後を追おうと島を走った。湾から見える山並みを越えると、反対側にも海がある。そこには小さな入り江があったが、肝心の城楼船がいない。

海岸沿いに島を巡っても、やはり城楼船の姿はない。港に戻って天竺船に足をかけると、

「焦《あせ》っちゃならねえよ」

と前に声をかけてきた天竺人の船員が諭すように言った。

「来たばかりの連中はとかくあがくんだ。そして何も考えずに王の船に挑んで負けち

まう」

「あのダウ船が負けたのは何故《なぜ》だ。途中までは勝っていたはずだ」

船員は言いにくそうに黙った。

「ただ速いだけでは勝てぬ理由が何かあるのだな？」

船員は深いため息をつき、

「女房と子供には会いてえが、海の心には勝てねえんだ」

と寂しげに呟いた。

4

翌朝の夜明け前になって、劉欣は舷側からこっそりと海に入った。

「どこへ行く」

気付くと真上に僕僕がいる。

「寝ないのか」

「海を相手に飲んでいたら目が冴《さ》えてしまってね。で、こんな朝早くから水練か」

と杯を突き出した。

「ダウ船が負けた理由が気になる」

「あの小島の向こうだね。島の結界はあのあたりまで続いている」

劉欣はそれでも、己の目で確かめようと泳ぎ出した。水はかなり温かい。太陽もまだ出ていないというのに、ひんやりとすら感じなかった。風はほとんどない。潮の流れも島に近づくまではほとんどなかった。

弧を描く二本の半島に、湾は抱かれている。その岬を左右に見ながら外洋に出ると、潮の流れが激しくなった。水温も急に下がり始める。それでも劉欣は慌《あわ》てず島を目指した。

岩礁《がんしょう》があるのか、白波が立っているところもある。劉欣が水をかく手を止めると、見る間に島に吸い寄せられていった。確かに難所である。彼は流れに乗って岩に手をかけると、身軽に島に上陸した。島の上部には深い木立があるが、周囲は切り立った崖《がけ》で囲まれている。

尖った岩角《いわかど》やふじつぼが足の裏や腕を刺すが、彼の肌を傷つけることはない。長い手足を滑らかに動かして崖の上に登ると、沖からの海風がさっと吹き付けてきた。水が湧《わ》いているのか、木々は大きく、瑞々《みずみず》しく育っている。

ふと劉欣は足を止めた。

人の気配はないのに、古い踏み跡があった。地面に顔をつけて臭《にお》いを嗅《か》ぎ、確かめる。獣道、というわけでもなさそうだ。踏み跡をたどっていくと、島の中央に出た。小高くなった丘の頂付近だけは木がまばらで、広場のようにも見える。

その中央に、朽ちた祠《ほこら》があった。どのような神が祀《まつ》られているのか、朽ち果てすぎて定かではない。すっと背中に温かみを感じて振り返ると、太陽が水平線から離れつつあった。

「何てことのない小島だな」

気配もなく、背後から僕僕の声がした。

「後ろに立つな」

と舌打ちした瞬間に、今度は目の前に立っていた。

「つまらん術はいいから、仙人から見たこの島の印象を話せ」

「何の変哲もない小島だね」

「何故、ダウ船は負けたか、この島に秘密があるのかと思っていた」

祠の前に腰を下ろす。中には小さな石が置いてあって、何か文字が書かれていた。神の名でも刻んであるのかと指でなぞってみた。

望郷、と刻まれていた。

「海の向こうにある故郷を思ってこの島で一生を終えた者もいたのだろう」

「俺はそうはならない」

「この港にいる全《すべ》ての者たちも、そう願っていることだろうね」

「術で何とかしろ」

「道術で何とかできる類《たぐい》のものと、そうでないものがある。ここから出るには、劉欣の力が必要だ」

ぴたりと劉欣の目を見据え、僕僕は言った。

三日月形の湾の後ろにある山を越えると、反対側に小さな入り江がある。そこに以前なかったはずの城楼船が繋《つな》がれていた。王はそこにいるという。僕僕は劉欣と王弁を連れて、城楼船へと向かっていた。

「勝負を挑む。弁と劉欣が船を操って王の船を倒せ」

と僕僕は命じた。

「そんなまどろっこしいことをする前に王を殺すか」

劉欣が持ち掛けたが、僕僕は首を振った。

「殺すと一生出られないぞ」

「術師を殺せば結界は解けるんじゃないのか」

「解く際にある種の手順が必要で、それを術師しか知らない場合は殺すと逆に厄介になる」

そう脅かされれば思いとどまるしかない。

「王の船と競って勝てば島を出られるというのだから、その道を探るのが最善だろう。相手は門を開いて待っているのだから」

確かに、城楼船の門は大きく開いている。だが、港と違って船はその一隻だけで、浜にも人影がない。衛兵らしき者もおらず、劉欣は奇妙に思いながら浜に置いてある小船に乗った。

「弁、漕《こ》いでみろ」

と言われた王弁が櫂《かい》を振りまわしても、水しぶきが飛ぶのみで前に進まない。劉欣は王弁を蹴飛ばすと自ら漕いで船を進めた。波の穏やかな入り江を、船はまっすぐに進みだす。門の中に入ると、すうっと灯りがついて来客を出迎えた。

「島からは出さぬが、来客は歓迎するというのが王の考えらしいな」

舳先に座っていた僕僕が呟いた。城楼船の中には船着き場があり、純白の海王号が帆を下ろして停泊している。その船に小船を横付けすると、一人の若者が奥から現れた。鮮やかな紅の絹衣を身にまとい、頭には唐の高官のような冠を戴《いただ》いていた。海の民らしく、肌は深い褐色をしている。

「新しく島に入られた方ですね」

港ではまず聞くことのできない、澄んだ声である。

「王に面会し、島を出る試練に挑む許しをいただきたい」

僕僕は丁重に頼んだ。

「この島に入った船は、いつでも、一度だけ、その試練に挑む権利があります。王は既に来客があることを知り、お待ちになっておられます」

そう言うと、三人を先導した。城楼船の壁は分厚いものであるらしく、中に入ると波の音はほとんど聞こえない。そして、人の気配が全くしないことが劉欣には気になった。これほどの城楼船を操るには、相当な人手がかかるはずだ。

「こちらです」

螺旋《らせん》状の階段を延々と登ると、一度外に出た。暗い中にいただけに陽光がひときわ眩《まぶ》しく感じられる。城楼船の上には、州城の庁堂ほどの建物があり、そこまでは美しく磨き上げられた石畳が続いていた。

若者は一言も口を利かず、僕僕も何も言わない。劉欣は気を巡らせてあたりを探ったが、やはり人の気配を感じることができなかった。玉座のある建物の前まで来ると、若者は客の来訪を告げ、三人に王の前まで進むよう促した。王の傍らには、先ほどの若者とよく似た顔の青年が二人、侍している。

「王の船と競うことを望みます」

三人は拝跪《はいき》し、僕僕がそう願いを言った。

「真の海人である証が欲しいのか」

「それが島を出る許しとなるのであれば」

「そうか。これを見よ」

王は傍らの二人に目配せをすると、僕僕たちを案内した若者が階下へ降りて行った。そして指を鳴らすと、広間の周囲の壁が開いて外光が入ってきた。

「洒落《しゃれ》た造りですね」

と僕僕が誉《ほ》めると、王は嬉しそうに目を細めた。

「そうじゃろう？　いつでも空と海を楽しめる」

「王は空と海がお好きでいらっしゃる」

だが、この言葉に王は頷かなかった。ゆっくりと玉座から立ち上がると、柱の間から外に出た。そして僕僕たちを促して城壁の端まで連れていくと、海を見下ろした。

そこには、純白の帆船、海王号が浮かんでいる。帆柱は二本で、わずかに丸みを帯びた菱形《ひしがた》の帆が風をはらんでいた。

「あの船は、どこの国のものなのですか」

「どこの国のものでもない。唐や天竺、室利《シユリ》、交趾《コーチ》と海に面した国には独自の船の形がある。わしはそれぞれの良さを合わせて、決して海に負けない船を造り上げたのだ。この船こそが、真の海の王だよ」

誇らしげに目を細めた。海王号は王の誇りを示すように、波を切って走り出す。その速さは先日の勝負の比ではなかった。そして外洋に出ても自在に風を捉え、波に乗って何丈も飛んでみせた。

「これでもまだ、我が海王に挑むかね」

「無論です」

僕僕は静かに答える。

「わかった。だがお前たちの船は粗末な小船だ。あれでは勝てぬぞ」

「我らで新たに船を用意したいのですが、それはお許しいただけますか」

王は鷹揚《おうよう》に頷き、僕僕の願いを許した。

「船を造るのはよいが、この島に船大工はおらん。それにおぬしはだめだ。人ならぬ

もの
と術を使う者は許さぬ」

自分たちは結界を張ってるくせに、と劉欣は内心苛立《いらだ》ったが、目を伏せて黙ってい
た。

「自らの手で造り上げてご覧にいれます。必要な物もこちらで用意します」

「それは豪気なことだが、時間がかかりそうだのう」

「十日もあれば」

驚いている王に礼をすると、僕僕たちは退出した。人の気配のない螺旋階段を下り
ながら、

「おい、十日であの船に勝てるものを造れるのか」

と劉欣は詰め寄った。

「そうだよ。十日間もあれば何とかなる」

「王の船は外洋をとんでもない速さで走り、しかも身軽で小回りも利く。相当考えて
造られた船だ」

「だからキミたちもよく考えて造りたまえ。ボクは手を出すなと王に言われてしまっ
たから、二人で仲良くやるんだよ」

にこりと笑い、僕僕は彩雲に乗って港へと戻っていった。船の上に残された劉欣は、

不安そうな王弁を見て一つ舌打ちをするのであった。

5

翌早朝も、劉欣は夜明け前に目が覚めた。

船を造るやり方を知らないわけではない。胡蝶房では間者としてのあらゆる技能を叩きこまれる。何もない島に流されてそこから脱出するための方策として、手に入る物で船を造ることもできないわけではない。

だがそれは、速さを競うためのものではなく、難に遭っても生き延びるための船である。港に居並ぶ各国の船を眺めながら、劉欣は考え続けていた。一番速そうに見えるダウ船は、島の向こうまでは先を行っていたはずだ。だが、大きく遅れて帰ってきた。船員たちの息はぴったり合い、舵とりも熟練の者であったにもかかわらず、である。

それに比べて、と劉欣は王弁を見た。昨夜は遅くまで他の船で飲んでいたらしく、大の字になって寝ている。体術も頭も根性も何もかも足りない。暢気なだけが取り柄の男が、劉欣は最初から気に入らなかった。

「仲良く、仲良く」

僕僕がにこりと微笑《ほほえ》んだ。

「海の男たちの命運がキミたちにかかっているんだから」

「他人のことなどどうでもいい。俺はこんな島で死ぬ気はない」

「その意気だ」

言われるまでもなく、劉欣は考え続けていた。船を速く走らせるには、船体を長くして先を尖らせればいい。ダウ船や海王号はどちらも鼻先の鋭い形をしていた。日が昇りきったあたりで、劉欣は一人で島の森に入った。

水は豊かで、木々もよく育っている。

「おい、何の用だ」

劉欣は振り向かず言った。王弁が鋸《のこぎり》を担《かつ》いでついてきている。

「木を切って船の材料にするんでしょ」

「……さっさと切るぞ」

王弁はよさそうな木に刃を当て、劉欣を見た。鋸は両側に持ち手がついている、二人用のものであった。仕方なく劉欣も挽《ひ》く。だが、刃はたわんでぐわんぐわんと音を立てるだけで全く木に喰い込んでいかない。

「息を合わせろ」

「そっちが合わせなよ」

と睨《にら》み合いになるが、王弁はすぐに目を逸《そ》らす。臆病者《おくびょうもの》のくせに喧嘩《けんか》を売ってくるのは、実に不愉快であった。このまま殺して林に埋めてやろうかと冷たい目で見つめていると、

「俺、絶対勝つ」

と鋸を挽きながら王弁は呟いた。

「ここで死ぬのが怖いのか」

劉欣も挽き返しながら言う。

「怖い。でも、ここにいる人たちは、ずっと我慢してきたんだ」

「よく知ってるな」

「酒盛りに入れてもらった」

「酒に強いだけが取り柄だな」

「そ、そう？」

「誉めてはいない」

王弁はむっとした顔をすると鋸に力を入れる。また刃がぐわんぐわんと波打って止

まった。結局、木を一本切り倒すのに一日を使うはめとなった。

劉欣が選んだのは、一本の木から二人用の細長い小船を造る、という方法である。船大工もいない港で大掛かりな船は無理だ。もし凝った船ができたとしても、操れるようになるまでに時間がかかる。

幸いなことに船体を彫るための突き鑿《のみ》は、木材を運んでいた大型船の船員が貸してくれた。王弁にやらせてもさっぱり進まないので、劉欣は一計を案じた。

「これ、本当に火をつけていいの？」

「心配ないからやれ」

不安そうな王弁が、切り倒して皮を剝《は》いだ木の幹の上に火をつける。小枝と枯れ葉を積み上げたものがぱちぱちと炎を噴き出してしばらくすると、木の上部は真っ黒に焼け焦《こ》げた。

「黒くなったところを突け」

と命じて劉欣は船の外側を整える作業に戻った。

「うわ！　焦がすとやりやすい！」

「彫り過ぎると沈むから、左右と船底を一寸《ちょっと》は残せ」

王弁は喜んで鑿で突いている。劉欣はふんと鼻を鳴らして、船を形作っていく。槍《やり》の穂先のような鋭い舳先から滑らかな曲線を作り、中央は人の身幅ほど残して削り落とす。長細板と棒を組み合わせて舵を作り、細くまっすぐな木を使って帆柱にした。高さは一丈半ほどはある。

舳先から三尺ほどのところに帆柱を立てる穴を開け、慎重に差し込む。ぴたりとはまり、劉欣は満足した。これで船らしくなってきた。船を安定させる重りとなる丸石も、いくつか見つけてきた。

帆のあてもあった。船大工はいないが、服屋はある。港にいる者たちはそれぞれの積み荷を交換しながら日々を暮らしている。布を唐から波斯《ペルシャ》に運んでいる船が何隻もあった。王弁に求めに行かせると、

「値が高すぎる」

と肩を落として帰ってきた。劉欣は鑿を置いてその船に行くと、船長を締めあげてあるだけの布を差し出させた。ここで死ぬか、故郷に帰るか、と迫る劉欣の殺気に、豪快な髭面《ひげづら》の船長は青ざめて頷くのみであった。

「役立たずめ。帆でも作ってろ」

「どうやって？」

結局、劉欣が寸法を測って布を断ち切り、縁を縫って頑丈にするところまでやった。四日目になって完成した船を海に浮かべてみると、なかなかの出来である。長さは四丈ほど、幅三尺ほどの笹《ささ》の葉に似た形の優美な船だ。

「かっこいいね！」

「お前は何もしてないだろうが。明日から猛特訓をするから、覚悟しておけ」

無邪気な王弁の軽口を切って捨てると、劉欣は自作の船の中に寝転がり、ため息をついた。

6

これは仕事だ、と劉欣は割り切ろうとした。帆が風さえ捉えれば、舵手《だしゅ》と帆手の力で船は前に進む。だが王弁は帆を操ることも舵を取ることも満足にできなかった。

「さ、最初はそんなもんだよ」

王弁がそう言い訳しているが、勝負を五日後に控えてこれでは先が思いやられる。

「で、私にやれっていうの？」

海風にすっかり慣れて、小船の帆柱の上でたなびいている薄妃は呆《あき》れたように言った。

「別に誰が船に乗ってもいいはずだ。王は仙術を使うなとは言ったが、それ以外のことは何も禁じていない」

「胡蝶房の劉欣も王弁さんには敵《かな》わない、ってことかしら」

「挑発してやる気を出させようとしても無駄だ。ただ、あいつと組んで船に乗ったところで、王の船には勝てない。間者は勝敗を見る時に感情を入れない。お前が舵をとれ。あいつよりは役に立ちそうだ」

「お断りします。人ならぬものは駄目なんでしょ」

ゆらゆらと頭を振って薄妃は拒んだ。

「お前は妖《あやかし》だから寿命もないのかもしれんが、俺はこんなところで命を終えるのはごめんだ」

「それはどうしてかしら？」

劉欣は口を噤《つぐ》んだ。故郷から逃がした両親のことは、ずっと気にかかっている。だが、口に出して言ったことはない。それが己の最大の弱点であることを知っているからだ。

「帰りたい理由があることは何も恥ずかしいことじゃない。私だって、この港にいる人の多くも、そうじゃないかしら」

「だったら何故誰も何もしない」

「もう皆やるだけのことをやったのよ。どの船も、王の船に勝負を挑んで敗れた。一度しか挑戦できなければ、あとは次の勇者を待つしかないわ。海の男は待つことを知っている。大いなる海に、人は勝てない」

「相手は海ではない」

薄妃に断られた劉欣は、もう別の策を頭に思い浮かべていた。ただそのためには、船が島の後ろに回るまで少なくとも併走しておかなければならない。

彼は甲板の上で転がりつつ日差しを浴びている蚕孃を摘《つま》み上げた。

「糸をくれ」

「急に何よ」

「勝負に勝つために必要だ」

「気分が乗らないと出ないわよ。あ、脅かしたら怖くなって余計に出ないわよ！」

締め上げようとする劉欣を慌てて止める。力を緩めた劉欣はどすの利いた声で、何が望みだ、と訊ねた。

「そうねえ……。暖かくて気持ちいいから、私眠くなってきちゃった。子守り唄《うた》でも唄ってくれるかしら」

「そんなことできるか」

「じゃあ出さない」

芋虫の体を絞って糸をひねり出してやろうか、と一瞬頭に血が上りかけたが、思いとどまった。そして、船尾に蚕嬢を連れていった。僕僕は舳先に座って酒を飲んでいるし、薄妃は帆柱の上だ。王弁も船を操る練習で海の上にいる。周囲に誰もいないことを確かめると、

「眠れ、良い子よ……」

と低く唄い出した。蚕嬢は驚いたように顔を上げる。

「あなた、子守り唄知ってるんだ」

「頼んでおいて驚くな。黙って聴け」

化け物として泥濘《でいねい》の中にいた自分が初めて知った唄声は、低く優しかった。声の主を父と呼べるまで随分時間がかかったが、それでも耳にずっと残っている。だが、胡蝶房に身を置いて間者の世界に生きる決意をしてからは、人に唄を聴かせることなどないと思っていた。

「寝付かせるんだから抱っこしなさいよ」

という蚕嬢を抱き上げ、子守り唄を続ける。そして唄い終わる頃には蚕嬢は鼻ちょうちんを膨らませて寝入っていた。

「おい、糸は……」

言いかけた劉欣は、思い直して、彼女をそっと帆柱の陰に下ろしてやった。足音を消して去ろうとすると、

「いい唄だったわ」

と蚕嬢が薄目を開け、糸をひと巻き吐き出した。

「これくらいあればいいかしら」

「十分だ」

「じゃあお休み」

と再び寝息を立てて眠り始めた。糸を検《あらた》め、撚《よ》り合わせてその先に吹き矢を一本結びつける。矢尻《やじり》に細工をし、かえしをつけた。これで一度的に刺されば抜けなくなる。蚕嬢の糸は強靭《きょうじん》で、劉欣が力をこめても切れる気配はなかった。それをしまうと、操船の練習に悪戦苦闘している王弁に、もう練習しなくていい、と声をかけた。

「どうして」

喜ぶと思いきや、不満そうだ。

「お前と俺で下手に船を操るよりもいい方法を思いついた」

「それ、ずるいことするんじゃないよね」

「ずるではない。禁止されていることは何もしない」

疑わしそうに劉欣を見た王弁は背中を見せ、また櫂を漕いだり舵を操ったり、港の中をふらふらし始める。周囲の船からは応援とも冷やかしともつかない声が飛んでいる。

勝手にしろ、と放っておいて劉欣は休むことにした。新たに矢を三本取り出して先端を研ぐ。懐から小さな薬籠《やくろう》を取り出して、毒薬がしけっていないか確かめた。もし引き離された場合は、島の後ろで決着をつけるつもりでいた。

7

いつものごとく、波のない港である。劉欣はいつも通り夜明けの直前に目を覚ました。僕僕はこの島に来てから、眠っているところを見たことがない。そもそも仙人は眠るのかという疑問をぶつけてみると、

「心を眠りの世界に落として夢に遊ぶのは、楽しいよ」

と言った。

「仙人になると酒が過ぎるということもないのか」

「酔うこともできるし、しらふでいることもできる」

酒壺《しゅこ》をわずかに傾け、残りの酒を海に注ぐと、

「終《しま》い杯だ」

と自分の杯も干して懐にしまった。

「さて、勝負の日だね」

「やるべきことはやった」

「弁も頑張っていたよ。そして一応、ボクもひと仕事した」

「何を」

「船乗りたちに、出港できるよう船を整えておくように、と声をかけておいたよ」

「勝ち負けはやってみないとわからない」

「だから、勝った時の備えをしておくのは当然だ」

「ふん」

王弁が船乗りたちの助言を受けながら、日暮れまで操船の練習をしていたことを劉欣も知っている。どんくさい奴だとは思っていたが、ふらつきながらも一人で船を操

るところまで上達していた。だが、その程度の技量では海王号に勝てそうにない。自分が何とかするしかない。

　勝負が始まるのは正午である。

「あいつのは無駄な努力だ」

「無駄に終わるかどうかは、努力をどう生かすかにかかっている。弁は愚かなところがたくさんある。でも、まっすぐだ。愚かでまっすぐなところには、思わぬ道が隠れていることがある」

　僕僕は大きく背伸びをした。

「怠惰な弁が何を思ってあれだけ操船の練習に躍起になっていたか、多分本人もよくわかっていない。でも、躍起にさせる何かの声を聞いたのかもね」

「声？」

「海はおしゃべりだ。ここに来てから、ボクは毎日海の話を聞きながら酒を飲んでいた。きっと、劉欣や弁と話したいと願っている海の声もあるに違いないよ」

「気味が悪いな。俺はご免だ」

　劉欣はもやい綱をつたって船に乗り込み、最後の点検を始めた。この港にいたのは半月ほどだったが、雨が降ることもなければ波が荒れることもなかった。空にはぽつぽつと小さな雲が浮かび、西から東にゆっくりと動いている。

港の船は全て、舳先を沖の小島に向けている。間もなく城楼船が島の岬を回って姿を現す頃だ。劉欣と王弁は特に言葉を交わすわけでもない。王弁の操船は、うまくなっているとはいえ頼りない。だが、もはや舵を任せるしかない。

「みんなが教えてくれたから」

「付け焼刃ではあの船に勝てん」

「でも勝つ。みんなで家に帰るんだ」

そう言い切れるのが不思議だった。ともかく、劉欣が帆を操って王弁が舵をとる小船は、湾に姿を現した城楼船の前に出た。

「未熟な海の男たちよ。この島から出たければ、我が子たちの船と競って勝つのだ」

王が前と同じく口上を述べる。門が開いて純白の海王号が現れ、威嚇《いかく》するように縦横に走り回るところまで同じだ。

湾を抱くようにある南北の半島の先、岬と岬を結ぶ線が勝負の始まりであり、決着がつく場所だ。城楼の上に王が立ち、銅鑼の枹《ばち》を持った。太陽が真上に昇ると共に、ぐわんと頭に響く音が湾内に広がる。

劉欣は素早く帆を開き、風を受ける。その際に、船内で派手に転んだ。湾内にわっと喚声が轟《とどろ》く。だが、彼は気にしない。すぐさま立ち上がって帆柱に糸を巻きつけた。糸はほとんど目には見えないが、蚕嬢の出した細く強い糸だ。劉欣は転んだと見せかけ、帆に隠れて吹き矢を打つと、海王号へと当てていたのだ。

「差がついていくよ！」

「これから追いつく。舵に集中して、前の船から目を離すな」

と言うと王弁はこくこくと頷いた。

糸が伸びきったところで、ぐんと船が引っ張られる。海王号との差はそれ以上広がらず、同じ距離を保ったままで追走し始めた。

「やった、風に乗ったね」

王弁は無邪気に喜んでいる。だが、劉欣は懐の中に潜ませた毒矢を確かめていた。島の後ろに回ったところで、勝負をつける。

外洋に近づくにつれて、波は荒くなってきた。波が時折船の中に入って、その度に劉欣は手桶で水を素早くかき出している。笹の葉に似た船は快調に進み始めるが、波に翻弄《ほんろう》されて大きく揺れる。

劉欣は波と風に心を合わせて、帆を操った。

「島を回るよ」

緊張した声で王弁が言う。舳先は海王号から外れずに進んでいる。波はさらに荒れているが、波の動きに同調した劉欣の吹き矢筒の指す先は動かない。島を回りきったところで、劉欣は立ち上がった。

海王号までの距離は十五丈ほどだ。一人が舵を取り、二人が帆を操っているのが見える。劉欣は膝《ひざ》をつき、糸を少しずつ手繰り寄せて五丈ほど距離を詰めた。

ふいに日が翳《かげ》り、後ろで王弁が何やら騒いでいる。だが、気にせず狙いを定めた。海の声がどういうものかは知らないが、波の動きは摑《つか》んだ。海は味方してくれている。

大きく胸を膨らませ、三本の毒矢を一気に放った。

吹き矢筒を下ろし、矢の行方を目で追う。狙い過《あやま》たず、三本の吹き矢はそれぞれの標的に当たった、はずだった。だが、吹き矢は王子たちの体をすり抜けて宙を飛び、海王号の向こうで海に落ちた。

「ばかな……」

呆然《ぼうぜん》とする劉欣に向かって、王子たちがにこりと笑う。そして刀を振るうと、蚕嬢の糸を切り離した。海王号はみるみる遠ざかり、島を回ろうとしている。

「劉欣！」

悲鳴のような王弁の声が聞こえて振り返り、彼は絶句した。船は止められていた。

波の色が変わっている。深い青色の向こうから、無数の気泡が湧いてくる。泡の一つ一つに顔があり、水面に浮かんで割れては船に貼りついて海底に引きずり込もうとする。短刀を抜いて斬《き》ろうとしても刃に手ごたえはない。

そこではっと気付いた。

「こいつら、死鬼か……」

薄妃のように皮一枚残っているのではなく、肉体の全てを失っていながら、姿を認められる者を死鬼と呼ぶ。彼らには武術が通用せず、道術をもって退けるしかない。だが劉欣にはその心得がなかった。

船の上にどかりと座り、腕を組んで考える。王弁は顔が映った泡に貼りつかれ、ひゃあひゃあと悲鳴を上げていた。

「この泡、何か言ってる！」

頭がおかしくなったか、と罵《のの》りかけてふと思い出した。

「何と言っている」

体を震わせてしばらく小さな顔のするがままになっていた王弁は、

「……負けを認めろって。認めれば島に帰してやると」

そう聞きとった言葉を伝えてきた。

「どうしてお前には聞こえるんだ」

「さ、さあ？」

劉欣は舌打ちし、衣を脱いで裸になると、吹き矢筒も短刀も全て身から外した。

「な、何するの」

「この糸の端を持っていろ。動きが感じ取れなくなって十数えたら引っ張り上げるんだ」

と言うなり空気をゆっくりと吸い込むと、水の中へと体を沈めて行った。

8

半ば息を吐き出し、目を開ける。日の光も届かない海の底でも、しばらく身を置いていると何があるかわかるようになった。大きな岩と砂と、まばらに生えた海草の間を大小の魚が軽やかに泳いでいる。

耳を澄ませても、心臓の拍動と微《かす》かな水音しかしない。彼は胡蝶房の仲間の元綜と戦った時のことを思い出した。死地に陥ると、不思議な力が出た。その力が仙骨を源にするのだとすれば、死ぬほどの苦痛を己に与えれば、仙骨は助けてくれるのではないか。

思いきって息を全て吐き出す。頭にきんきんと痛みが走り、本能が早く空気を吸えと命じる。意識も朦朧《もうろう》としてくるが、それでもしばらく我慢した。だが何も起こらない。だめだ、と浮かびあがろうとしたところで体の力が抜けた。動ける余力がなかったことに気付くと同時に、視界が暗くなっていく。ふいに腕が引かれ、体が浮上し始めた。

こんなところで死ぬのか、と落胆していると、急に周囲の音がはっきりと聞こえるようになった。

「いつまで潜ってんだよ！」

王弁が半ベソをかきながら劉欣の体を必死に船に上げようとしている。空気を吸って冷静さを取り戻した劉欣は、

「騒ぐな。船がひっくり返る」

とたしなめた。奇妙なことに、王弁が立って劉欣を引き上げようと大騒ぎしているのに、船は微動だにしない。人の顔が潰《つぶ》れたような泡に船を取り囲まれているのは相変わらずだ。我に返った王弁は、悲鳴を上げて尻もちをついている。

王は、荒い海に出るよりはここで穏やかに暮らせと言っていた。船乗りたちを捕え

ていながら、ただ港の中に囲い込んでいるだけで、彼らの命を危険にさらすことを避けたいかのようであった。

劉欣の中で、全てが繋がったような気がした。

「もう一度行く」

「もう一度って？」

「海の声を聞いてくる」

と再び海に飛び込んだ。心を鎮《しず》め、身を沈める。船の真下から離れないように注意しながら、底へと向かった。水の音の向こうに、これまでと違った声が聞こえる。そこへゆっくりと降り立つ。

岩の上に立ったつもりが、思いのほか柔らかい。下を見ると、それは木材であった。数丈先まで半ば朽ち果ててはいるが、船の形をしている。静かに見つめていると、白き微かな光が海面に向かって立ち昇っている。

「王よ、海に全てを捧げた者よ」

劉欣は心の中で呼び掛けた。しばらくすると、己の体内に温かさを感じた。何かが熱を放っている。それが仙骨なのか、と思ったがすぐに船に気持ちを戻した。海底の船は、海王号とほぼ同じ大きさである。

「荒き海を愛し、友である船乗りたちを愛した男たちよ」

その呼び掛けに、船が微かに揺れ動いたように思えた。だが、何か声が返ってくるわけではない。それでも、劉欣は呼び掛け続けた。

「俺たちをその優しき心から解き放つんだ」

そこで初めて、答えが返ってきた。

「負けを……認めるか……」

だが劉欣は頭を振る。

「勝ちも負けもない。もう止めるんだ」

「止めない。ここを出れば、偉大な海はお前たちの船を呑《の》みこむだろう。我らをそうしたように」

劉欣はふっと笑った。

「確かに、海は強く偉大だ。どんな勇者も勝つことはできない。だが、お前の友である船乗りたちは、そこまで弱いのか？　海を恐れ、海を敬うからこそ、友が水底に沈んでも挑み続けるのだ。それは何のためだ」

この船に残る魂は確かにこちらの言葉を聞いている、という確信があった。

「妻の待つ、子の待つ、親の待つ港に帰るためだ」

「……真の海の男でなければ、この島から出すわけにはいかない」

「無事でいながら故郷の港に帰ることができなければ、真の海の男とはいえない。あなたは真の海の男を求めながら、その妨げをしているのだ」

海底の船はさらに大きく揺れた。

「皆で帰ろう。あなた達の魂も、共に」

すっと劉欣は体が持ち上げられるのを感じた。先ほどは王弁に引っ張ってもらったが、今度は無数の手が押し上げてくれていた。そして気付くと、彼の乗る船は疾走を始めていた。驚いている王弁に、

「勝負はここからだ。舵とりを間違えるなよ」

と帆柱の下に座る。船の周りには無数の顔が見えるが、それらはもはや船の針路を妨げてはいない。劉欣たちの船は猛然と波を切り、小島をぐるりと回って舳先が港を向く。海王号の動きが鈍くなっているように見えた。

追い風をいっぱいに受けた帆に船が持っていかれないよう、体を舷側に乗せて踏ん張る。何も命じずとも、王弁も舵を操りつつ劉欣に動きを合わせている。港に近づくにつれて、どん、どん、と腹に響く音が聞こえてきた。

船乗りたちが身を乗り出し、それぞれの船体を叩いている。塩寂《しおさ》びた声を嗄《か》らして

送られてくる声援が、風音と波音を圧して劉欣の耳にも届く。

海王号の船尾がみるみる大きくなる。岬と岬の間を結ぶ線を越えかけた時、ちょうど劉欣たちの船が海王号を追い抜いた。

劉欣は純白の船が、たちまち朽ちていくのを見た。船上にいた三人の王子たちは、粗末な漁師の服装に戻り、だが満足げな顔で風の中に消えていく。城楼船の上では、王が枹を持ち、銅鑼を乱打していた。

「真の海人が現れた。船が出る。皆の衆、船が出るぞ！」

王はそう嬉しそうに叫んでいた。その声と共に、城楼船がかげろうのようになって消えていく。僕僕が雲の上から、故郷へ帰る時はきた、と船乗りたちに呼び掛けている。そして半刻もしないうちに、僕僕たちの船を除いて全ての船が、それぞれの港を目指して出航していった。一時の喧騒は収まり、三日月の腕に抱かれた湾はしんと静まり返っている。

「こんなに広かったんだね」

疲れて船の上に倒れていた王弁が、ようやく体を起こして呟いた。

「仲間がいれば、広い海も狭いものだよ。逆に誰もいなければ、こんな小さな湾でも寂しい」

僕僕は酒を杯に注ぐと、海に向かって捧《ささ》げた。

「これまで船乗りたちを守ってくれた礼だ」

「閉じ込めてたじゃないですか」

王弁はくちびるを尖らせるが、これは仙人の言う通りだ、と劉欣は思った。

「さあ、ボクたちも行こうか。ここも間もなく、波荒い外洋へと変わる」

緑豊かだった三日月形の島影も消えつつある。

「ボクたちがそれぞれの港に帰るのは、いつのことになるかな」

小さな仙人の呟きを聞きとったのは、劉欣以外にはいないようであった。

第《だい》狸《り》奴《ど》の殖

1

　しわしわと蟬《せみ》の鳴く龍眼《りゅうがん》の木陰で、青年は衣の裾《すそ》を少しからげて己のふくらはぎを眺めては悦に入っていた。ぐっと力を入れると、鰓《えら》が張った魚のように筋肉が左右へと広がった。二十代も半ばの男の足としては、すね毛も少なくさっぱりとはしている。

　力を抜くとまた元に戻る。これまでどれほどの旅路を歩いてきたか、彼も正確には憶《おぼ》えていない。春に始まったこの旅も季節は巡って冬へと差し掛かっている。とは言え、彼らがいるのは龍眼豊かに生い茂る南国だ。気温ではなく、以前より逞《たくま》しいふくらはぎが、一年近くの旅路を踏破してきたことを教えてくれる。

「弁、気持ち悪いぞ」

　頭の上から涼やかで厳しい声が降ってきた。王弁が見上げると、山盛りに茂った葉の間から、一人の少女が呆《あき》れ顔をのぞかせている。仙人、僕僕先生である。

「美しき娘の足を見て懸想《けそう》するなら、いやらしいにしても男子としては正しい姿だ。だが己の足を見てにやつくとは、末期だな……」

普段は痩《や》せ馬の姿をしている天馬、吉良《きら》がわずかに首を上げ、二人のやり取りを聞いていたが、すぐに昼寝に戻った。

少女姿の仙人、僕僕とその弟子である王弁は、広大な中国大陸を仲間たちと、あちらこちらと旅している。今は大陸南端の港町広州からさらに西、漢人の姿もまばらな細い街道を歩いている。

「ほんと、気持ち悪い」

もう一つ、険のある娘の声が木の幹から聞こえる。龍眼の幹には大きな芋虫がへばりついていた。大蚕の蚕嬢《さんじょう》である。

人語を操る一尺ほどもある蚕はそう言いながらも、木の幹を下り、王弁の裾に取り付き、彼の頭の上を目指そうとする。だが、そこには先客がいた。

「ちょっとどきなさいよ」

蚕嬢が牙《きば》をむいてすごむ相手は、いつも決まっている。

猫に似た大きな黒い目と柔らかそうな褐色の毛、ぽってりとした体つきをしたその生き物は、第狸奴《だいりど》という。動かぬ物なら何にでも、よくよく見てもわからないほど巧みに化ける力を持っている。

僕僕が王弁の家に近い山中で生活していた頃は庵《いおり》になっていたし、旅の道連れである皮一枚の艶《えん》なる女怪、薄妃《はくひ》と出会った時には燻製《くんせい》用の小屋に化けていた。さすがに煙は再現できず、尻尾《しっぽ》を振ってごまかしていたが。

その第狸奴は、昼間一行が旅をしている時は、お気に入りである王弁の頭上でひたすら眠っている。そして街で宿を取らない時は庵に姿を変え、一行を雨露から守ってくれるのだ。

「蚕嬢、第狸奴は休んでいるんだから邪魔しないであげて」

王弁がたしなめても、蚕嬢はかちかちと牙を鳴らし、不服そうだ。

「別にあんたの頭の上が、その猫もどきのものと決まってるわけじゃないでしょ」

「でも第狸奴の方が先にいたんだから……」

「だったら少し横によけて場所を作ってくれればいいじゃないのよ」

そうは言うものの、頭の広さには限界がある。第狸奴は王弁の頭にかぶさるようにして眠っているため、余っている場所などない。

「キミは人以外には、人気があるな」

まだ、葉の間から王弁を見下ろしている僕僕はおかしそうに笑った。

「そんなことはないですけど……」

僕僕の嫌味にも、王弁は視線を上に向けるだけに止《とど》めた。眠りこけている第狸奴が、やかましく吠《ほ》える蚕の声を聞いて目覚めてしまうのを気の毒に思っていたのだ。

第狸奴は出会った頃こそ王弁に牙をむくこともあったが、慣れてしまえば気の優しい獣である。蚕嬢が王弁の頭の上を欲しがると、特に逆らいもせず僕僕の懐《ふところ》へ潜り込んで夢の続きを見るのが常であった。王弁は蚕嬢が頭の上にいるのが嫌なわけではないのだが、どこか気の毒になるのだ。

しかし、今日はいつもと様子が違った。

「な、何よ」

肩の上にたどり着いた蚕嬢が怯《ひる》んだような声を出している。王弁に自分の頭の上は見えないが、第狸奴の低い唸《うな》り声が聴こえてくる。珍しいことに、蚕嬢を威嚇《いかく》しているようだった。

「あんたなんか怖くないんだから」

あくまで強気な蚕嬢は、王弁の髪を伝って頭へと上がろうとする。第狸奴の唸り声などほとんど耳にしたことのない王弁は、蚕嬢に遠慮するよう口を開きかけた。

「きゃっ」

と、その時これまた珍しい蚕嬢の悲鳴と共に、王弁の視界に第狸奴の前足が飛び込んできた。その指先からは三寸はありそうな鋭い爪《つめ》が光っている。第狸奴が怒るのは致し方ないにしろ、蚕嬢の白く柔らかい体にこの爪が当たったら無事にすむはずがない。

王弁は慌《あわ》ててその姿を探した。

「全く。相手の優しさに甘えると痛い目にあうことになるのだ」

僕僕の声がすぐ耳元で聞こえた。王弁が首を回して声のした方を見ると、僕僕が龍眼の枝にさかさまにぶら下がり、蚕嬢の尻尾を指でつまんでいた。蚕は目を回してしまったらしく、だらんと伸びている。

「第狸奴が怒るなんて、珍しいですね」

「生ける者には周期というものがある」

「いえ、そういうことを訊《き》いているのではなく……」

「話は最後まで聞け」

ひと睨《にら》みされて王弁は肩をすくめた。

「母の胎内、もしくは卵から出て生を享《う》けた者は、育ってやがて成体となる。そうなるとどうなる」

「どうなる、と言われましても」

王弁は突如始まった僕僕の講義に戸惑う。

「わからんのか。成熟した生き物というものはだな……」

龍眼の枝にぶら下がった僕僕の衣がわずかに上がって、形の良いへそが見えた。それが気になって、王弁の頭にはもう何も入ってこない。

「こら」

ぴしりと僕僕は指で彼の額を弾《はじ》いた。

「聞いているのか」

「えっと、美肌の秘訣《ひけつ》でしたっけ」

枝の間に一度姿を消して王弁の前に降り立ち、

「キミに真面目《まじめ》な話をしようと、一瞬でも思ったボクがばかだった」

と腰に手を当てて口をへの字にする。そして蚕嬢を懐にしまい、立ち去ろうとした。

「あ、待って下さい先生」

「へそなら二度と見せてやらんぞ」

「ええ、そんな！　……ではなく、第狸奴はどうしちゃったんですか」

「春が来たのだ」

「春？」

暦はもう冬を迎えているはずだ。

「そうではない。生き物としての春が来たのだ。キミは万年春のようだが、第狸奴はきっちりその周期を守っている」

「生き物としての春……ああ、なるほど」

さすがの王弁もようやく理解した。第狸奴は〝さかり〟を迎えている。気が立っているのはそのせいなのだ。

「第狸奴ってこの子の他にもいるんですか」

「この子しかいないんだったら、どうやって生まれてきたんだ」

「いや、てっきり先生が術かなんかで出して来たのかと」

「キミは少々ボクが行う術というものを安易に考え過ぎなところがあるな。道具やら幻の類ならともかく、無から生あるものを産むのはいかに神仙《しんせん》といえども大変なんだぞ」

僕僕が王弁をかがませ、まだその頭上で低く唸っている第狸奴を優しく撫《な》でた。苛《いら》立《だ》ったような唸り声が、心地よさそうな喉《のど》鳴《な》りへと音が変わっていく。王弁も自分が撫でられているような気分になりうっとりとしてしまう。

「おい弁」

第狸奴から手を離し、恍惚《こうこつ》となっている王弁の襟を摑《つか》んで立たせた僕僕は、彼に一つの命を与えた。

「第狸奴の相手を探せですって？」

「そうだ。さかりが来ているのにボクたちのために働いてくれているのだ。それくらいのことをしてやっても良かろう」

「そんなの無理ですよ！」

「どうして無理なんだ。この子にさかりが来ているということは、他の第狸奴にも当然さかりが来ているはずだ。相手を必要としている生き物は互いに惹《ひ》かれ合う。近くに必ず別の第狸奴がいるはずだ」

と言われても、どこからどうすればいいのかさっぱりわからない。さすがに手掛かりが欲しい。

「何もしないうちから助けを求めてくるとは、情けない奴だなぁ」

「だってわからないものはわからないです」

「相手を見つけ、子孫を残すのはどの生き物にも組み込まれた本能だ。キミだってそうだろうが」

「俺は人間です。第狸奴とは違うじゃないですか」

「違わないさ。想《おも》う者と交わりたいと思う時、どうするのか考えるのだ。第狸奴だってキミと同じだよ」

もう少し手掛かりを、と言いかけた時、既に師の姿は無かった。ならばと、龍眼の枝にひっかかりつつ風になびいている薄妃に声をかけたが応《こた》えてくれない。長安胡蝶《こちょう》房《ぼう》の殺し屋である劉欣も王弁の困り果てた顔を横目で見るなり、さっさと消えた。

「相手を探せって、どうしたらいいんだ」

頭の上から第狸奴を下ろすと、小さな獣は黒く大きな目をくるりと回してみゃあと鳴いた。

2

さかりがついた生き物、というものを王弁はよく知らない。

猫にさかりがつくことは知っている。春と秋、あたりでうろついている猫たちが、気味が悪いほどに低く大きな声を出して鳴き、顔を合わせれば喧嘩《けんか》をしている情景を見たことはある。だが彼が目にする「さかり」とはその程度のものだ。

王弁はなすすべなく、どんどん落ち着きを失っていく第狸奴を見つめ続けた。そしてふと、

(そう言えば俺、第狸奴のことを全く知らないな)

ということに気付いた。

昼は王弁の頭の上で眠り、夜は一行のために庵へと姿を変える。それ以外何も知らないのに結婚相手を見つけてやれるわけがない。とにかく王弁は、第狸奴を注意深く観察することにした。

僕僕に相手探しを命じられた翌日、頭から下りた第狸奴の後を、王弁はそっと追った。第狸奴の足は決して速くない。子狸《こだぬき》に似たぽてぽてした尻《しり》を振りながら、どこかへ出かけていく。

そして王弁が名も知らない木にゆっくりと登り、葉を食べ始めた。

(葉を食べるのか。その割には鋭い牙もあるけど)

楠《くすのき》に似てはいるが、淮南《わいなん》では見ない類《たぐい》の木である。第狸奴はしばらく葉の若芽を選んで口にすると、木を下りて土の匂《にお》いを嗅《か》いで回り、やがて熱心に掘り始めた。そして何かを捕まえて口に放りこんでいる。

王弁が目を凝らすと、白く丸々と太った芋虫のように見えた。

(よく蚕孃に手を出さなかったな。危ない危ない)

第狸奴ならその気になれば蚕孃を食うことだって出来そうだ。これからはもう少し蚕孃に態度を改めさせようと王弁は心に誓う。

更に第狸奴は風に漂う何かの香りを追って、軽やかな足取りで森の奥へと向かった。王弁が後をつけると、一本の木の下で足を止めた。龍の鱗《うろこ》で覆《おお》われたような巨木の肌に爪を立てて登ると、勢いよく葉を茂らせた枝の間に姿を消した。そして緑色をした小さな果実をくわえて葉の間から顔を出すと、鋭い爪と牙で器用に皮を剝《む》き、黄色い果汁を滴《したた》らせながら貪《むさぼ》り食べ始めた。柑橘《かんきつ》の類のようだ。

牙の間から種を飛ばして丁寧に毛づくろいをした第狸奴は、空に鼻を向けて何度かうごめかす。そして満足そうに王弁の方へ戻って来ると頭の上へとよじ登り、小さな寝息を立て始めた。

「バレてた……。鼻がいいよな」

王弁は舌を巻く。

頭の上に第狸奴を乗せながら帰る道すがら彼は、周囲の気配を探ろうと試みた。さかりがついた者は惹かれ合うという。そうであるなら、頭上の第狸奴を探し求めている者もいるはずだ。そして王弁は大切なことを僕僕に訊き忘れていたことに気付いた。

（この子、オスなのかメスなのか、どっちなんだ？）

急いで帰った王弁の問いに僕僕はすぐさま答えてくれたものの、それは王弁の理解を超えていた。

「オスにもメスにもなるってどういうことですか」

「そのままの意味だよ」

僕僕によれば、第狸奴の雌雄は、二匹が出会った瞬間に決定されるという。

「そんなむちゃくちゃな」

「そうでもないぞ。この天地でも蚯蚓《みみず》や蝸牛《かたつむり》の類には雌雄共に入り混じった生き物がいる。温かい血を持つ生き物の中にもそのようなものがいるというだけの話だ」

第一、と僕僕は続ける。

「普段オスであったりメスであったりする必要などどこにあるのだ。繁殖の時だけ雌雄がある方が理にかなっていると、ボクは思うけどね」

「そんなの何だか変ですよ。子供を作る時だけ男になったり女になったりなんて、ちょっといやだなあ」

綺麗《きれい》な女の人はいつでも女性のままでいて欲しいものだ。

「キミの本能に正直なところだけは敬服に値するな」

僕僕はくすくすと笑った。

「はるか北方の荒原にそびえる高峰《こうほう》、単孤山《たんこさん》に第狸奴のもともとの住処《すみか》があると言われている。若い個体には旅に出る習性があり、その目撃談を様々な場所で聞いたことがあるよ。ともかく、各地の第狸奴はそれぞれ交わる相手を探している。そして相手を見つけた途端、追いかけっこが始まるんだ」

「追いかけっこ？」

「かくれんぼと言った方が近いかな。捕まった方が、子を産むことになる」

「つまり、メスになる、と」

「そういうことだ」

「第狸奴は何かから逃げている様子がありませんから、まだ相手は近くにいないってことでしょうか」

僕僕は、そうとは限らない、と首を横に振った。

「第狸奴が全力を尽くした変化なら、ボクでも見破るのは難しい」

「じゃあ姿を現すまで放っておくしかないですね」

「いや、それでは困る」

僕僕は真剣な表情になった。

「どの生き物でもそうだろうが、母となった生き物は変わる。余人を近づけず、安全な場所で子を育てようとするだろう。もしボクたちの第狸奴が母となったら、ボクたちは野宿を続ける破目になるんだぞ」

「それは困ります」

「だろう」

だからさっさと相手を見つけて先手を打て、と僕僕は命じた。

野宿をするのは勘弁願いたい。が、第狸奴がどのように交尾相手に近づくのか、まだ見当もつかない。

(やっぱりこの子をずっと見ているしかないのかな)

王弁はさらに注意深く、第狸奴の様子を観察し続けた。

さかりがついて落ち着きはなくなっているものの、第狸奴が己の務めを忘れることはなかった。僕僕の望むままに庵となり、一行が出発するまで微動だにしない。ただいつもと様子が違って、ささいなことで王弁の頭に噛《か》みつこうとしたり、蚕嬢が余計なことをすると爪ですぐひっかこうとする。

もちろん夜半も、王弁は眠気をこらえて第狸奴を外から眺める。すると、大きな瞳《ひとみ》が壁に時折現れては何かを探るようにきょろりと動いている。王弁もその度に闇《やみ》の向こう側を見てはみるが、無論もう一匹の第狸奴が現れるわけではない。

第狸奴がそわそわしているのを見ていると、王弁も別の第狸奴がすぐ近くにいるような気になって落ち着かない。そうして数日、彼は眠れない夜を過ごした。

3

王弁は、生あくびが止まらない。

「人間は四六時中起きているようには出来ていないぞ」

見せつけるように彩雲の上でごろごろしている僕僕が、面白そうに彼を見下ろしている。もちろん手には杯がある。

「寝不足の俺の顔なんて肴《さかな》にもなりませんよ」

僕僕のあくびが王弁にも伝染して彼はまた大きなあくびを一つした。

「そんなことはないぞ。夜中うろうろと第狸奴の周りを徘徊《はいかい》して、疲れ果てたり苛立ったりしているキミの様子は思いだすだけで実におかしい」

ところで、と僕僕は杯を干すと懐からもう一つ杯を取り出し、王弁にも注いだ。

「飲むと眠くなるじゃないですか」

「もう眠いだろ。けちくさいことを言うな」

ああそうか、と納得して王弁も口に含む。すると、頭の奥に突き抜けるような涼やかな香りが鼻の奥を巡り、飲み干せば胃腸を冷風にさらしたような爽快感《そうかいかん》に包まれた。彼も酒は多く経験してきたが、初めて味わう風味である。

「これは……」

杯からくちびるを離して、改めて酒の香りを吸い込む。

「知らないわけではあるまい。キミに薬丹《やくたん》の製法を教えた中に、これを原料とするものが含まれていたはずだ」

この清涼感には、確かに王弁も覚えがあった。涼やかなのに、内から湧《わ》きあがる温かみも感じる。間違いなく薬の元となるものだ。

「生で使えば料理を彩《いろど》るものとなり、精油を体に少し塗ればその高い香気によって塞《ふさ》いだ気も散じることが出来る、中々の便利ものだ」

「わかった！　薄荷《はっか》ですね」

「当たり」

もうひと口飲んで、王弁は確信を持つ。僕僕がつと手を伸ばし、王弁のこめかみに何かを付けた。さらに強い香りが体の中に入り、眠気で重たかった五体が不意に軽くなる。

「第狸奴のために寝不足になったキミへのごほうびに、ボクが特別に薄荷の精油を作ってやった。これでもうしばらくは元気でいられるだろう」

「いい香りですね」

「人は五感で生きているからね」

すっきりと晴れ渡った頭の中に、第狸奴について新たに知ったことが整然と並ぶ。葉も実も虫も食べ、鼻が利く。そして俺に化けている間は、そわそわしていたものの、一睡もせずに一行を守ってくれていたのだ。

「でも別の子がどうやって近づいてくるのか全然わからないんですよ」

「わからぬことは考えるのだ」

「考えてわからないから訊いてるんです」

「男女のことを何も知らないキミであれば、わからぬのも仕方あるまい」

と一言刺しておいて、では教えてやろう、と胸を反らす。

「ある程度複雑な作りをしている生き物は、交わる相手を定める際に決まりきったことをする」

「決まりきったこと？」

「そう。例えば群れを作るものなら、その中でオス同士が戦って力の優劣を比べ、メスの夫となる権利を得る。美しき羽を持つ鳥であれば、その美しさを競って相手の気を引いたものが勝者となるのだ」

感心して聞いていた王弁は、

「人間ってどうやってるんですか」

と思わず訊《たず》ねてしまった。

「キミは人間だろう」

「ま、まあそうですけど……」

女の子の気を引く手管を持たない王弁は頬を赤らめる。

「人というのはどうも他の生き物と違っていてね。もちろん、強い肉体や美しい容貌《ようぼう》といったものでも異性を惹きつけることは出来るけれど、それだけでもない」

「他に何かあるんですか」

「権力や金なんてものに魅力を覚え、体を許し心を開くことがあるんだ」

僕僕は感心したようないささか馬鹿《ばか》にしたような表情を浮かべている。王弁は何となくがっかりした。

「それって人の魅力と関係なくないですか」

「関係ないことがあるものか。権勢だろうが大金だろうが、そいつが心身を目いっぱい使って手に入れたものだ。光り輝いて見えるのであれば、孔雀《くじゃく》の羽と比べても何ら劣るものではないということさ」

「そんなもんでしょうか」

不服そうな王弁の鼻をつまみ、

「そういう顔をするのは、本当に権力やら唸るほどの金やらを振り回してからにすることだ。持たざる位置にいて持てる者を批判してもひがんでいるだけに見えるぞ。そんな男はもてない」

とたしなめた。

「第狸奴は異界の生き物ではあるが、動物としては特に変わったところがあるわけではない。交わる相手を探す際には、より逞しい子を成すことが出来る相手を見つけようとするだろう」

第狸奴にとっての「より逞しい」とは何か、王弁は腕を組んで考え込む。

「例えば鹿《しか》を追う虎《とら》であれば、その鹿より速く走り、その喉笛を一瞬でも早く嚙みちぎる強さを持っていれば良いだろう。逆に追われる鹿であれば、虎が近づくよりも早くその危機に気付き、追われても逃げ切る脚力があれば申し分ない」

第狸奴は木に登って葉や果実を食べ、土を掘って虫を食べる。虎の力強さも鹿の敏《びん》捷《しょう》もない。

「生き物は己の存在を派手に表現して、その力を誇示するものだ。虫なら遠くからでも聞こえるように鳴き、鳥なら目を瞠《みは》るような美しい羽を広げるだろう。そうして己が優れた存在であることを示すのだ」

僕僕の言葉を聞きながら、王弁は頭の上の第狸奴をそっと下ろす。子狸のようにころころと太った猫もどきは、王弁の手の中に下ろされても目を覚まさず、鼻をぴすぴすと鳴らして眠りこけている。

「この子の派手なところというと……変化ですか」

「そういうことになるだろうな」

「何だか先生、第狸奴のことあんまり知らないみたいですね」

「第狸奴のさかりは数百年から千年に一度と言われている。それに種として個体数が少なく、解明されていないことも多い。ボクもこの子と一緒にいるようになってからまだそれほど時間は経《た》っていないしね」

だからしっかり頼む、ということらしい。

「別の第狸奴を飼うことは？」

「ボクはこの子を手放したくない」

「俺の責任重大じゃないですか」

「そうだよ。ボクたちが野宿するかどうかはキミの双肩《そうけん》にかかっている」

と王弁の肩をぱしりと叩《たた》く。

僕僕が去ってからふと彼は考えた。第狸奴がいなくなっても僕僕は雨露を厭《いと》わない仙人だから平気である。薄妃は風に漂って雲の上に出てしまえばいいし、劉欣は胡蝶房で鍛え上げられた男なので野宿などお手の物だ。

結局のところ、第狸奴がいなくなって一番困るのは王弁なのである。彼は僕僕がこめかみに塗ってくれた薄荷油の爽快な香りを、胸一杯に吸い込み、よし、と一つ気合いを入れた。

4

変化の力が優れている者が、有利な立場で相手を得る。一行と一緒にいる第狸奴は僕僕への忠誠心が強いため、遠く離れて相手を探しに行くことが出来ない。しかしさかりは始まっている。つまり、別の第狸奴に狙《ねら》われる立場にならざるを得ない。

先手を取られては、第狸奴は母となり一行から離れることになる。しかも代わりはいない。王弁は旅を続けながらも心休まる暇がなくなった。第狸奴も王弁の頭の上にいて熟睡出来ないでいるようだった。

(何に化けてくるんだろう)

第狸奴は動きのある物に化けるのが苦手だ。つまり、鳥や獣の姿となってついてくることは考えられなかった。

「木や岩かなあ……」

とはいうものの、南国の密林の中には無数の木が生い茂り、どれが第狸奴なのかを調べるわけにもいかない。王弁は気が進まないながら、一行のうちもっとも話しづらい男を呼び止めた。

「何だ」

落ち窪《くぼ》んだ眼窩《がんか》の奥から見据えられて、王弁の背筋に寒気が走る。

「ち、ちょっと手伝って欲しいことがあるんだけど」

「断る」

そう言わずに、と王弁はなるべく丁寧に事情を説明した。だが殺し屋は王弁が予想した通り、鼻で一つ笑ったのみであった。

「野宿して困るのはお前だけだろうが」

と王弁の魂胆などお見通しである。

「生き物が交わって子を成すのは当たり前だ。邪魔する筋合いはない」

抑揚のない声で劉欣に言われると、王弁は言葉に詰まってしまう。だが立ち去ろうとする背中に、王弁は一つの問いを投げかけた。

「好きな女が出来たらどうする、だと？」

振り向いた劉欣は酷薄な笑みを頬に浮かべて王弁を見据える。

「俺は胡蝶の男だ。どれほど美しい女に媚態《びたい》を尽くして誘われようと、心が動かぬよう鍛えているのだ。馬鹿なことばかり言っていると口を縫うぞ」

と脅かした。だが次の瞬間、劉欣は王弁に何事か耳打ちした。

「第狸奴の出すものの臭《にお》いを使えばいいの。ほんとに？」

「ああそうだ。俺は色恋のことなどわからん。獣のこととなってはなおさらだ。だが追ったり追われたりということにかけては玄人《くろうと》だからな」

だが第狸奴が用を足している姿など見たことがない。こればかりは出るのを待つしかない。飯の時にも第狸奴の尻のあたりを見ているところを僕僕にからかわれつつ、日が暮れていく。その夜も第狸奴はいつものように一行の宿となり、王弁はその中でうつらうつらしながら外の様子をうかがっていた。

(第狸奴、気を張ってるな……)

王弁は何となくそう思った。

これまで知らなかった第狸奴の様子を毎日見ているうちに、第狸奴が見せる微《かす》かな気持ちの上下が、少しずつ彼にもわかりかけていた。

いつものどかで上機嫌に見えるが、やはり気持ちの明暗はあった。そして第狸奴は飼い主である僕僕に強い思い入れを持っていることに気が付いた。

王弁の腕の中で眠っている時でも、その大きな耳は常に僕僕の方へと向いていた。彼女が一声呼べば飛び起きて、その足元へと走って行くのである。他の人にはしない。

「よく気付いたな」

昼間、王弁がそのことを告げると、僕僕はちょっと感心したような表情を浮かべたのだ。

「昔助けられた恩を忘れていないのさ」

「助けられた？」

「そう。親とはぐれたか捨てられたかして死にかけていたこの子を、治療したことがあったのさ。それ以来、ずっとボクの傍にいる」

「人なつこい生き物なんですか」

「いや、元々は気の荒い生き物でな。飼い馴《な》らすのは至難の業であるらしい。こうやって主《あるじ》のためにその変化の力を使うよう調教するには、大変な手間がかかると聞いたことがある」

「どうせ先生がびっしびし調教したんでしょ」

「いや、この子はボクの助けになるよう、意を汲《く》んで力を使ってくれる。第狸奴をここまで手懐《てなず》けたのはすごい、と他の神仙どもにも感心されるくらいだが、ボクはほとんど何もしていない。それくらいボクのことを想ってくれている子なんだ。だからこそ、手放したくないんだよ」

そんな僕僕の寂しげな顔を見れば、王弁もやる気になろうというものである。

そしてこの夜、王弁はこれまでにない集中力を発揮して、第狸奴と周囲に気を配っているのであった。すると、かさり、と木立の向こうで音がした。

(何かいる……)

ごくりと唾《つば》を飲み込む。

南国の夜はただでさえ濃密な気配をはらんでいる。びっしりと立ち並んだ木々の間から、誰かが覗《のぞ》いているような気がするものだ。しかし、僕僕や劉欣が静かにしている以上、周囲に危害を加える存在は何もないはず。

だが明らかにおかしい。

闇の気配に押しつぶされそうな感覚に襲われる。息苦しくなった王弁は肩を大きく上下させて呼吸を続けようとした。

「ど、どこ？」

王弁が訊ねても第狸奴は答えない。僕僕も劉欣も起きてくる気配はない。だが明らかに大きな気配が近づいて来ていた。木の枝を激しく踏み折る音が響く。王弁は窓から目だけを出し、闇の向こうから近づいてくるものを確かめようとする。

ひときわ太い枝が折れるような音が響き、王弁は竦《すく》み上がる。そして木立の中から、のっそりと何かが姿を現した。

身の丈は数丈ほどにも見え、闇の中にいるというのに金色に輝く眼がこちらを睨んでいる。細身の剣のような鋭く尖《とが》った毛が全身を覆い、石橋の欄干のように太い腕の先からは白く光る鉤爪《かぎづめ》がのぞいていた。

その怪物が一歩進むごとに第狸奴の庵が揺れるような気がして、柱に摑《つか》まって王弁は震える。そして金色の眼が王弁を見据えた途端、彼は悲鳴を上げて目を回してしまった。

木立から一つの人影が姿を現した。手元に大きな提灯《ちょうちん》を持った人影が、その明かりを怪物に向けると、怪物は少し肩をすくめて見せた。

南国のしっとりとした風が頬を撫でて行く。まばゆい光がまぶたに当たり、王弁は小さくうめいた。目を覚ますと、腹の上で第狸奴がいびきをかいて寝ていた。だが、さかりが極みに近づいているのか、眠りながらも小さな唸り声を上げ続けている。

既に僕僕たちは焚火《たきび》を囲んで、朝食を摂《と》っている。火にかけた鍋《なべ》を僕僕が自ら掻《か》きまわし、細かく切った塩漬けの高菜の根茎を鍋の中に散らしている。

「第狸奴がとっくに庵を畳んでいるというのに、よく起きないでいられるものだ」

粥《かゆ》を椀《わん》によそって王弁の前に突き出す。礼を言って受け取った王弁は、椀の端に口をつけ、一口すすった。

「……うまい」

あっさりした粥の中に漬物の強い塩味が溶け出し、丁度良い塩梅《あんばい》となっている。

「怖い夢でも見たのか」

僕僕が優しく声をかけて来た。

「え？　ええ」

僕僕たちは気付かなかったのだろうか。王弁は首を捻《ひね》りながら粥をさらに口の中に含む。劉欣も薄妃も同じように粥をすっているが、誰も昨日の異変を口に出さない。第狸奴ですら、安らかに寝息を立てているのみだ。

だが神経がとぎすまされている王弁は、この朝食風景に違和感を覚えた。

(何かがおかしい。何かが……)

普段であれば、朝食を作るのは王弁の役割だ。だが僕僕は不意に思い立って自分で作りたがることがある。出来あがった朝食を一行でいただくのも、ごく日常の情景である。そこはいい。

王弁は椀を持ったまま、ぼんやりと僕僕たちを眺めていた。

(あれ?)

僕僕と劉欣の表情がおかしい。粥の鍋を混ぜる僕僕と、一心に粥をすり続けているように見える劉欣、二人の横顔がいつもとは違う。鼻から上は冷たいほどの無表情なのに、口の端だけがほんの少し上がっているのだ。

そんな二人を見ていた薄妃が、

「いい加減にしたら」

とぽそりと呟《つぶや》いた。その一言を合図にしたように、僕僕は杓子《しやくし》を放り出してけろけろと笑いだした。劉欣は噴き出してこそいないが、手の甲をくちびるに当てて顔を背け、微かに肩を震わせている。

「どういうこと？」

王弁は訳が分からず、ひくひく笑っている師と劉欣を交互に見た。劉欣は笑みを収め、木立の中へと歩み入って姿を消す。そしてしばらくすると、劉欣の代わりに一匹の巨大な獣が現われた。

金色に輝く瞳に口元からのぞく鋭い牙。手の先からは長い鉤爪が伸びている。

王弁は声にならない叫びを上げて、尻もちをつく。

「劉欣が第狸奴に食われた！　先生っ！」

と助けを求めても、僕僕はにやにやしているばかり。薄妃は呆れかえっているようだ。その獣はすたすたと腰を抜かしている王弁の前に立つと、自らの首をもいだ。

ぎゃー、と魂消《たまげ》て声を上げた王弁は、もげた怪物の首から劉欣の顔が出ているのを見て、さらにのけぞった。

「キミはとことん遊びがいのある男だな。面白すぎて腹筋《はらすじ》が縒《よ》れる」

僕僕は涙を拭《ふ》いて近づいてくると、劉欣がもいだ怪物の首を王弁の前で掲げて見せた。目を凝らしてよく見ると、布に茶色の染料を塗って、目の所には磨いた貨幣をはめてあるだけである。

「あれ、もしかして……」

「あまりにもキミが気を張り過ぎているから、ちょっとした潤《うるお》いをな」

僕僕が種明かしをして見せる。劉欣が変装用に持っている布一そろいに細工を加え、僕僕がちょっとした術を使って光を当て、怪物に仕立て上げたというわけである。

さすがに怒った王弁から逃げるように、僕僕と劉欣は姿をくらました。人が真剣にやっている時に、と憤慨していると、薄妃がふうと息をついているのが聞こえた。

薄妃はわずかに顔を上げて王弁を見る。すると王弁は、

「ひどいですよあの人たち。気楽に邪魔して。夜中に暗いところを見つめているの、本当に怖いんですから」

と薄妃に訴えた。

「そんなにひどいかな」

そりゃもちろん、と王弁は二人が消えた方を睨みつけた。

「でも先生と劉欣はその暗い中にずっといた。王弁さんを驚かせるためだけだったのかしら」

「え……」

「王弁さんがしていることに本当に無関心なら、あの二人のことだからいたずらしよ

うとすら思わないんじゃないかな」

確かに、僕僕と劉欣が起きていて第狸奴の周囲を警戒してくれていたのであれば、これほど心強いことはない。

やがて木立から戻ってきた僕僕は長い髪に指を入れ、根元できゅっと縛った。その表情からは、王弁をからかう色がすっかり消えていた。

「キミには楽しませてもらったし、少しは手伝ってあげようかな」

そう言って王弁の肩を叩いた。

5

焚火が勢いよく燃え盛っている。

その周囲、火を守るように三人と一頭が立つ。僕僕、王弁、劉欣、吉良の順に並び、王弁の懐は膨らんでいる。第狸奴は興奮のあまり、ついに夜になっても庵に姿を変えることが出来なくなってしまった。一所懸命化けようとする第狸奴を、王弁は止めた。

「今夜来ると思うのか」

そう訊ねる僕僕に、王弁は自信を持って頷《うなず》いた。

ともかく、今日は皆であの子を守る。

第狸奴が力を尽くした変化は、神仙ですら見破るのが難しいほどであり、気配もほとんど消してしまう。これまで一行は逃げを打っていたが、敢《あ》えて相手の第狸奴を引きつけ、尻尾を掴んでからこちらの第狸奴に主導権を握らせる作戦に方針を変えた。

「眠るなよ、弁」

僕僕が明るく声をかける。

「この子とまだ旅を続けたいですからね」

王弁も明るく言葉を返す。第狸奴のおかげで長旅も楽に過ごして来られたのだ。そして第狸奴も僕僕と一緒にいたがっている。これまでの恩義に報いるのはまさに今であった。

「近いな……」

劉欣がかすれた声で言った。

昨日とは違う生々しい獣臭さが密林に満ちる。仙道《せんどう》や武術の心得がない王弁ですら肌が粟立《あわだ》つような気配だ。

「あちらのさかりは相当なものだな。狙う相手を定めて興奮が頂点に達しているらしい」

さすがに僕僕は冷静だが、その気配の出所を摑みかねているようだった。

「若い気配もここまで濃いと頭がくらくらする」

と苦笑している。

「そう言えばうちの第狸奴は若いのですか」

「若いな。若過ぎて、ここまで濃厚な発情気分を出していないのだろう」

むらむらした気配は感じられるものの、そこはさすがに変化を得意とする第狸奴で、森の周囲に怪しくうごめく影は見当たらない。動かない物体は無数にありすぎて、どれが以前にはなかった物なのかはわからない。

息遣いがどこからか漏れている。

僕僕と劉欣も表情を引き締め、四方に気を配っている。王弁は自分が役に立つとは思っていないがそれでも懸命に、目の前の闇から現れるかも知れない獣を警戒する。

一つ咆哮《ほうこう》が聞こえた。

「来る」

風が吹いて木立が騒ぐ。皆の背後で焚火がはぜた。王弁は木立の奥に気を取られていたが、焚火しかないはずの背後から押し倒された。何かが王弁の懐へと潜り込み、その中にある物を引きずり出す。

「こちらか！」

僕僕と劉欣は王弁より先にあらわになった獣の方を振り向いたが、王弁は一歩遅れる。

王弁を突き倒した何物かは焚火の前で王弁の懐にあった物を鼻息荒く抑えつけていたが、やがてぴたりと動きを止めた。

「残念でした」

地面に伸びていた王弁は裾を払って立ち上がる。僕僕と劉欣が、その獣の前後に立って退路を断つ。その獣は第狸奴に似ていた。姿も大きさもほぼ同じである。ただその目は真っ赤に充血し、牙からは涎《よだれ》が垂れている。

獰猛《どうもう》な野性の気配をみなぎらせて、王弁たちを睨んでいた。だが、その体の下に組み敷いた物を見て、さすがに狼狽《ろうばい》した様子になった。彼が抑えつけていたのは、異臭のするぼろきれを体に巻いた大蚕であったからである。

「うちの子が用を足さないから相当苦労したけどね」

王弁は懐の中を嗅いで、ちょっと顔をしかめる。その顔には派手なひっかき傷がついている。

「臭いのついた布がいるからといって、無理やり股間《こかん》を拭き取るのは傍から見ていてどうかと思ったけどね」

と僕僕が口を挟む。下から蚕嬢が早く体を拭いてくれと喚《わめ》いている。

「ええ。我ながら変な気がしましたけど、もう時間が無かったですから」

王弁が手を叩くと、王弁が身につけていた衣が変化し、第狸奴へと姿を戻した。王弁の肩に乗った第狸奴の息は荒い。王弁が横を見ると、穏やかだったはずの第狸奴は牙を剝きだしにして、眼下に戦《おのの》いているもう一匹を見下ろしている。

そして王弁の肩を蹴《け》って急降下した第狸奴は、罠《わな》にはまった相手を抑えつけて満足そうな雄たけびを上げた。

「さ、ここから先は見ないのが礼儀というものだ。コトが済むまでボクたちは向こうで待っていよう。キミもいつまでも下帯一丁で仁王立ちしているんじゃない。見苦しいことこの上ないだろ」

僕僕は王弁の目を袖《そで》で覆い、その袖を大きく広げて王弁の体を包んでくれた。

南国の旅路、陽が燦々《さんさん》と降る中で、第狸奴は相変わらず王弁の頭を寝床にしている。

「それにしても、あの晩はえらいことでしたね」

王弁は僕僕にこぼす。

「まさか薪《まき》に化けているとは思わなかったな。確かにボクたちのど真ん中に気付かれずいるには、夜の焚火周りにいるのが一番だ」

「第狸奴って頭いいんですね」

「キミより頭も良ければ、男女の営みにも詳しい」

「そうでしょうとも！」

しかし王弁も健闘したのだ。薄荷油の香りから、布に第狸奴の臭いをしみこませた囮《おとり》を作ることを思いついた。嫌がる蚕嬢にこれからずっと野宿したいのか、と脅して囮役を納得させ、備えていたのである。

「衣に化けさせようと言ったのはボクだけどな」

王弁は、初め第狸奴を木立のどこかに隠そうと考えていた。

「囮を思いついたまでは良かったが、あれはいただけなかった。変化の出来ないあの子を木立で放っておくなど見殺しに等しい」

僕僕は特製の薄荷油で第狸奴の気を落ち着かせると、嚙んで含めるように一時でいいから変化をするよう諭したのだ。

「でもこれでまた、この子と旅を続けることが出来るよ」

嬉《うれ》しそうな僕僕の顔を見ながら、王弁は別のことを考えていた。

第狸奴の交わりは長く、その嬌声《きょうせい》は一晩中続いて王弁は結局一睡も出来なかった。

自分を狙っていた相手を逆に捕え、王弁たちの第狸奴は〝父〟となった。〝母〟となったもう一匹は、現れた時の獰猛さがうそのようにしおらしい様子で姿を消した。交わりはつつがなく終わったのだ。

「あの喘《あえ》ぎ声、結局朝まで眠れませんでしたよ。長すぎです」

「長いものか。蛇の中には三日三晩交わり続けるものがいるし、人間もちょっと元気な者なら一晩中飽きることなくしているぞ」

「そ、そんなに？」

王弁は半裸になった自分を包んでくれた僕僕の袖の香りと、微妙に近い肌の距離を思い出し、顔を赤らめる。だがにやにやしている僕僕に気付くと、照れ隠しに頭の上で寝ていた第狸奴を抱き下ろした。

「何だよ。すっかり大人の顔になっちゃって」

子猫のようにあどけなかった第狸奴は、一晩経ってやけに分別くさい顔となっていた。

「それが異性を知るってことなんじゃないのか。大人への階段にも色々あるだろうが、男が女を、女が男を知るのもその一段には間違いないだろう」

ついに第狸奴にまで先を越されたかと思うと、王弁はやりきれなくなって肩を落とした。

「確かに異性と交わるのは大人への階段だろうが、焦《あせ》って登ることもないさ。登る時と登る相手が揃《そろ》えば、そのうち登れるだろうよ」

僕僕は王弁のもやもやした気を逸《そ》らすように、他人《ひと》ごとのような口調で言って笑った。

鏡の欠片《かけら》

1

西の砂漠から吹き込む乾いた風が、丹色《にいろ》に焼かれた甍《いらか》の上を吹き過ぎていく。地上百尺の城壁を軽々と越えて、風は東の平原へと絶え間なく流れている。

百八の坊と東西の市を擁する昼間の長安は、濛々《もうもう》たる砂塵《さじん》の下にあった。特にはなはだしいのは、東の市である。長安城を越えきれずに降り注ぐ砂漠の砂と、四方から集まる人々の喧騒《けんそう》が巻き起こす土埃《つちぼこり》の下に埋もれんばかりになっていた。

誰もが肩の上にうっすらと細かな砂を乗せている中で、一人の男だけが塵《ちり》一つ身にまとわせることもなく市の片隅に座していた。

牡丹《ぼたん》の透かし彫りがされた黒檀《こくたん》の椅子《いす》の上で膝《ひざ》を抱える姿は、遠目には幼い子供のようだ。だが近寄ってみると、道士の体軀《たいく》は歴戦の勇士のように雄々しく、身に付けている道服の広い袖口《そでぐち》から覗《のぞ》く腕は、宮殿を支える柱のように逞《たくま》しい。

男は休みなく繰り広げられる商いの様を楽しげに眺めていた。隣には大傘が何本か差しかけられ、その下には急ごしらえの酒場が開かれている。市の賑《にぎ》わいに疲れた者たちが、甕《かめ》から椀《わん》に注がれる酒で喉《のど》をうるおしていた。

不意に男の視界の片隅から、派手に言い争う声が聞こえてきた。怒声は市でよく耳にする交渉の域を超えていた。

穏やかな笑みを浮かべて市の賑わいを眺めていた男は、ひときわ楽しげな表情となって椅子を口論の方に向けた。

いさかいの内容は他愛《たわい》もないことである。買い値をごまかされたと痩《や》せている方が言えば、物が約束よりもよくないと片方が噛《か》みつき返す。よくあることか、と道士が興味を失いかけた時、片方の男が懐《ふところ》に手を入れた。

「いつも安く買い叩《たた》きやがって！」

「何だその手は。俺とやろうってのか」

二人の間には、言い分だけでなく身なりにも大きな差があった。懐から短刀の鞘《さや》を覗かせている初老の男は服装も粗末だが、もう一人の男はでっぷりと太って衣の仕立ても上等だ。

「ここは天下の大市だ。そこで商売相手に刀を抜くってことがどういうことか、わかっているんだろうな」

「都の市だか何だか知らねえが、もう我慢出来ん」

初老の男は懐に手を入れたまま、取り巻く人々に相手の非道を大声で訴える。だがその意に反して、人々の反応は薄い。

「こいつは俺や妻が寝る間も惜しんで織り上げた麻布を安く買い叩きやがる。これじゃあ生活できねえ」

じゃあ高く売れよ、と野次馬から声が飛んだ。その声に太った男は満足げに頷《うなず》いた。

「市であんたは売り、俺は買った。俺は金を払い、あんたは金を受け取った。もし高く売りたいんなら、それだけの口と手を尽くすのが商いの道だ。後でぐだぐだ言うのは道に反しているってもんだ」

くちびるを嚙んだ初老の男がついに懐の短刀を抜く。

「くそ、てめえみたいなあこぎな野郎はここで殺してやる」

つっかけようとしたその肩を、がっしりとした手が止めた。男が振り向くと、雄偉《ゆうい》な容貌《ようぼう》をした道士がゆっくりと首を振っていた。

「そこまでにしておきなさい」

「何だてめえは。関係ねえ……」

喚《わめ》きかけた男は、道士の目を見たとたん、とろんとした表情になって短刀を取り落とす。男が左右に体を揺らめかせながら市から出て行くと、道士は向き直った。

「商いの道は約束の道。道を飛び越えて非道を為《な》せば報いを受けなければならない。あの哀れな男はもう市には顔を出せないだろう。だがあなたも、相手に憎悪《ぞうお》を抱かせるほどに貪《むさぼ》ってはならないよ」

太った男は道士の言葉に童子のように頷き、黙って頭を下げた。

道士は黒檀の椅子へと戻りかける途中で立ち止まり、酒屋の主人に小銭を渡して一杯の酒を注がせている。酒甕の中を覗くと、細かな塵が酒の表面をうっすらと覆《おお》い、膜のようになっていた。

「ひどい有様だな。酒がまずくなる」

道士は残念そうにため息をつく。

「すくってもすくってもすぐに溜《た》まりやがる。金はちっとも貯《た》まらないのにね」

酒屋の主人は肩をすくめて弁明した。

「蓋《ふた》の間から漏れて入る砂粒か。天網恢恢疎《てんもうかいかいそ》にして漏らさずというが、お前の店の蓋はそうはいかんようだな」

「天の網なんて代物《しろもの》が手元にあったら、こんな粗末なぼろを着てはいませんよ」

と店主は袖のほつれを指さした。

「そんなことより先生、砂の入った酒がお嫌なら、いつものやつやって下さいよ」

「ほいほい使うような術ではないぞ」

「酒代おまけしますから」

「金には困っておらんがな」

そう軽口を叩きつつ、道士は店主との遣《や》り取りを楽しんでいるようでもあった。黒檀の椅子に腰かけて、思案するふりをしている。

「そうつれないことをおっしゃらず。先生があれをやって下さると、酒の味もよくなるような気がするんです」

「味を変える術など使ってはいないよ」

「混ざり物が無くなれば酒はうまくなります」

「砂粒は混ざり物とは言わんだろう」

そう言いながらも道士は立ち上がって袖をまくると、銀の留め具で落ちないよう布地を挟んだ。

「一真鎮心、総領百神……」

道士が呪《じゅ》を唱えながら、ゆっくりと指を酒の表面へと下ろしていく。うっすらと張った砂の膜に指先が着いた瞬間、膜は消えて酒は元の色を取り戻した。再び挙げられた指先には、小さな泥の玉がついている。

「見てみろ」

男に促されて甕を覗き込んだ店主は手を打って喜ぶ。

「さすがは先生だ」

「私はこれで帰るよ。随分と呑《の》んだ」

「へい、ではお代は……」

「おい、酒をきれいにしてやったのに酒代をとるのか」

「先生、お金に困ってないと仰《おっしゃ》ったではありませんか」

おかしげに笑った道士だったが、ふと真顔になった。

「道を修める者は何より契《ちぎ》りを大切にしていてな。偽りの言葉で私に一杯食わせようとするものには、報いを与えなければならぬのだ。例えばその綺麗になった大甕の酒、私が去った後に酢になる、などということも……」

真っ青になった店主は頭を何度も下げて謝り、お代は結構ですからとお引き取りを願う。

「よし、よし」

と再び穏やかな表情になった道士は、市の喧騒の中をゆったりと去って行った。座っていた椅子は、その肩に担《かつ》がれている。

「ふう……」

汗をぬぐいながら見送っている主人に、酔客の一人が声をかけた。

「ありゃ誰だい」

主人は男の椀に酒を注ぎ、声を潜めるようにして、

「司馬承禎《しばしようてい》さまだ」

と名を告げる。客は椀を取り落としそうになった。

「皇帝陛下のお気に入りがこんな場末に何の用だい」

「場末で悪かったな。つけを取り立ててやろうか」

店主が冗談交じりにすごむが客も怯《ひる》まない。

「きったねえ酒屋がかっこつけんじゃねえや。それにしてもあのお人、よく来るのかい」

「最近ここに座っては、にこにこしながら市の賑わいを眺めてらっしゃるのさ」

客は甕を覗き、元の色を取り戻した酒の香りを嗅《か》ぎ、感心したようにため息をつく。

「世の中には不思議な術があるもんだな」

「あんたは酒の幻で満足してな」

店主は慎重な手つきで甕の蓋を閉め直すと、蓋の上に乗っていた砂粒がわずかな隙《すき》

間《ま》からさらりと甕の中に落ちていった。

2

司馬承禎の屋敷は、都の中枢部《ちゅうすうぶ》に近い永昌坊にある。皇太子の暮らす東宮《とうぐう》の屋根を指呼《しこ》の間《かん》に望む、帝《みかど》の信が厚い者しか住むことを許されない一角だ。大臣のそれに匹敵する広大な邸宅に、彼は二人の童子と暮らしている。だが、屋敷の周囲は塵一つなく、その庭木は腕利《うでき》きの職人が整えたように美しい。従僕が庭を掃き清めているわけではない。門前に護衛が立っているわけでもないが、都の住人は、この屋敷に立ち寄ることなかれ、と囁《ささや》き合う。近づくと、道士の術に騙《だま》されてひどい目に遭うというのである。皇帝直属の間者ですら、忍びこもうとして失敗したことを、口さがない都人は噂《うわさ》で知っていた。

もしこの時、司馬承禎の屋敷に近づいた者は、ぴるぴる、ぴるる、と小鳥の囀《さえず》りを聞いたことであろう。しかしそれは、二人の童子が発している声である。童子たちは庭の前で小石をぶつけあい、飽きることなく遊んでいる。身の丈は三尺ほど。一人は髪を赤い紐《ひも》で、もう一人は青い紐で結び、ともに緑の道服を着ている。

その頭上で何かが光った。立て続けに瞬《また》いた小さな光が一気に降り注ぐ。童子たちはきゃっきゃと笑いながら、光を避ける。

鋭い音を立てて街路に突き立ったのは、いくつかの金属の欠片《かけら》であった。

「ぴるる」

青い紐の童子が首を傾《かし》げ、恐る恐る一個ずつ地面から破片を抜きとろうとする。

「ぴる！」

赤い紐の童子が鋭い声を上げ、青の童子が慌《あわ》てて手を引っ込めた。赤の童子が欠片を指さして忙《せわ》しく囀り、髪を結っていた細紐を解《ほど》いた。そして青い童子に向かって手を突き出す。

頷いた童子は青い細紐を解いて手渡した。二本の細紐を持ってひとしきり舞った童子が、

「ぴっ！」

と鋭い声をかけると、細紐は一組の箸《はし》に姿を変えた。童子の背丈とほとんど変わらないほど長い箸である。赤の童子はそれを使って一つ一つ、欠片を地面から抜いては並べていく。

形はばらばらだが、所々端《はし》が合うものがある。首を傾げつつ一つずつ欠片を合わせていくが、長い箸を使うのは疲れるらしく、箸から手を離すと手を大きく振った。

それを見た青の童子は交代を申し出て、欠片合わせを続けていく。

二人の作業はやがて行き詰まった。欠片は円鏡の一部のようだったが、全《すべ》てを合わせても半円にやや足りない。落胆した二人の前で、陽光が鏡に降り注いだ。きらきらとした光が反射して四方に散らばり、童子たちは眩《まぶ》しさに目を押さえながら楽しげな笑い声を上げる。やがて一人が、鏡を覗き込んだ。手を叩き、もう一人を近くへと招く。二人が覗き込んだ鏡の中には奇妙な風景が広がっていた。

色紙を無数に散らせて、前後左右から風を吹き当てたように、鮮やかに色を変えている。一人がそこに手を伸ばそうとした途端、鏡の中にいきなり吸い込まれた。もう一人が慌てて足にしがみつく。だが引く力は思いのほか強く、二人とも鏡の中に引きずり込まれそうになる。

「ぴー」

二人が悲鳴を上げながら必死に耐えていると、逞しい腕が二人を易々《やすやす》と鏡の中から引きずり出した。

「那那《ナナ》、這這《シャシャ》、何を遊んでいるんだ」

二人を腕の中に抱き、司馬承禎は優しく訊《たず》ねる。二人は地上で眩しく光る鏡を指さし、ぴるぴると忙しく経緯を説明した。頷いた司馬承禎は、

「で、どっちが那那だい」

と訊ねる。結い紐が無くなった二人は、見分けがつかないほどによく似ている。二人は急いで赤と青の細紐で髪を結い直し、話を続けた。

「空から降って来た鏡の欠片を組み合わせて、綺麗《きれい》だから触ろうとしたら、連れて行かれそうになったとな。それは面白い」

司馬承禎は二人を下ろし、半分の鏡を覗き込む。

「ふうむ……」

興味深げな表情で考え込んでいた司馬承禎は、腰をかがめると指先で鏡の表面に触れた。鏡が色を変え、まばゆい光が発せられたかと思うと、その魁偉《かいい》な体が一瞬にして鏡の中に吸い込まれる。足に飛びついて助けようとした童子たちも間に合わず、司馬承禎の姿は消えてしまった。

「ぴー……」

しばらく呆然《ぼうぜん》としていた童子たちは鏡の周りをおろおろして走り回って慌てふためくが、主《あるじ》が戻ってくることはない。二人はやがて抱き合うと、ぴいぴい泣き出した。

「えらい気配がしたけど、どうしたんや」

二人が振り向くと、一人の太った男が立っていた。頭を丸めて僧衣を着ているが、だらしなく前をはだけて太鼓腹が前にせり出している。背中には絹の大きな袋を担ぎ、顔は袋と同じく白く巨大だ。

「司馬承禎はおるかな……くしょいっ！」

そう訊ねた僧侶《そうりょ》は大きなくしゃみを一つした。鼻から太い鼻水の柱が垂れ下がる。

「何やらくさめが止まらなくてな。診てもらおうと思っておったんやが、留守なんかい」

「ぴ」

「腹を出してるから風邪を引くんです、やて？　余計なお世話や。しかしただならぬ雰囲気が漂っとるな。そこに落ちてるのは何や」

童子たちはぴいぴいと口々に訴える。

「司馬承禎がここに？　うそやろ。あやつはこの布袋《ほてい》に劣らぬ術力の持ち主や。そう簡単に鏡の中になぞ吸い込まれるかいな」

そう言いつつ鏡の方に近寄ったが布袋上人は、あと数歩というところで立ち止まった。

「おい、これもしかして……」

童子たちの方を振りかえる。

「どこから持って来たんや」

「ぴ」

と二人は空を指さす。

「そんなあほな。で、残りは」

童子たちは同時に首を振った。

「これはまずいで……っくしょい！」

鼻水が二本地面にまで垂れ下がる。

「わしも妙な鼻風邪なんぞ患《わずら》ってなかったら何とかしてやるんやけど。そうや、僕僕先生は近くにいてへんか。あの先生の薬丹やったらすぐに治る」

童子たちは肩をすくめ、南を指してひとしきり囀った。

「相変わらず酔狂なお人やなぁ……。まあええわ。ひとっ飛びして先生に薬もろてくる。話はそれからや」

腹いっぱいに空気を吸い込んだ布袋はふわりと空へ舞い上がる。手を叩いて喜んでいた童子たちの表情は、しかし、すぐに落胆へと変わった。上空まで上がった布袋が大きなくしゃみをすると、膨らんでいた腹が大きくへこみ、空を縦横に暴走して司馬承禎の屋敷に墜落したからである。

「あたた……やっぱりあかん」

腰を押さえてよろよろと立ち上がった布袋上人は、童子たちの前できまり悪げに丸い頰を搔《か》いた。

「この症状では速く飛ぶのは無理みたいやな。ともかく、司馬承禎を助け出さねばなるまい」

と言うそばから一つ大きなくしゃみをする。

「お前たち、まずはどちらがどちらかはっきりしてくれんか」

「ぴ！」

「赤い方が那那で、青い方が這這やったか。そうやそうや、思い出したわ」

二人が頷くと、

「よし、お前たちの主を助けるにも、まず鏡の来歴を話して聞かせねばなるまい」

那那と這這は布袋の前で膝を抱えて座り、くちびるをきゅっと結んだ。

3

この鏡が世に知られるようになったのは、前漢の世だったという。

候生という道士が弟子に伝えたところによると、鏡は黄帝が世にもたらした十五枚の神鏡のうち八番目のもので、四神《しじん》、十二支、二十四節気の真実の姿を映し出す力がある。

「若女将《おかみ》に化けた狐だろうと、役人に化けた雄鶏《おんどり》だろうと、棗《なつめ》の木にとりついた大蛇だろうと、この鏡に照らされたらすぐにその正体を暴《あば》かれるんや」

だが鏡は数年の後、天に還《かえ》った。

「あまりに力の強い霊宝は、人の世にあると災厄《さいやく》を招きよせる。せやから仙界の総意でこの鏡を蓬萊《ほうらい》に回収した。せやけどこの鏡は何でかはわからんが、また人間の世界に戻ろうとして姿を消したんや。その途中で割れてしもたんかもな。不思議なこともあるもんや」

童子たちはにこにこ笑いながら、布袋を指差した。

「あなたもそうでしょ、やて。まあそうやけどな。それ言うたら司馬承禎も人間界におる神仙もみな同じやけどな」

こくこくと頷いた二人は顔を見合わせて、

「ぴ」

と布袋に一歩詰め寄った。

「だからどうした、それでは主の助け方はわからん、やて。えらい生意気なこと言うやっちゃ。わしにそんな口の利き方をする奴《やつ》は、団子にして食われてまうねんで」

細い目をむくと、童子たちはきゃっきゃと逃げ回る。しばし追いかけ回していた布袋は、

「ああ、しんど」

額の汗を拭《ぬぐ》うと真顔に戻る。

「わしも司馬承禎の薬丹が欲しいしな。このくさめを止める薬は多分僕僕先生か司馬承禎しか作れんやろ。僕僕さんが北に帰って来るのを待ってたら何年かかるかわからんわ」

布袋は担いでいる袋の中に手を突っ込んでまさぐると、小さな巻貝を取り出した。貝殻の尖《とが》ったあたりを叩くと、やどかりがひょいと顔を出した。

「おい、ちょっと頼むわ」

そう言うと、やどかりが地面に降り立ち、四方に手招くように大きなハサミを振った。すると、大地に無数の穴が開き、そこからやどかりが顔を出す。布袋が大きく舌を鳴らすと、やどかりたちは一度ハサミを振って再び穴の中に姿を消した。

しばらくして戻ってきた布袋のやどかりたちが集めてきた情報によって、鏡の欠片は江西省の予章《よしよう》にあることがわかった。

「わかったのは、ありそうやということだけやけどな。それに気の毒やけど、わしは手伝われへん」

布袋は気の毒そうに言って、くしゃみを連発した。

「どうにも症状が悪うなっとる。さっき飛空術を使った時みたいに力が暴走したら、何が起こるかわからんからな。ここはお前たちに頼むわ」

童子たちは自信ありげに胸を叩く。

「そうは言うても、一緒に行って手伝うくらいはしたるで」

だが二人は手のひらを前に突き出し、厳《いか》めしい顔を作って首を振った。

「いらんのかいな。まあええわ。お前たちは司馬承禎が認めた唯一《ゆいいつ》のしもべ。その腕前をじっくり見せてもらうわい」

那那と這這が飛びあがって街道を走りだす。戯《たわむ》れているような足取りではあったが、あっという間に布袋の視界から消えた。

4

二人にとって、長安から江西までの数千里も遠出のうちに入らない。飛び石が大河の水を切るような軽やかさで進み、瞬く間に江西の予章へとたどり着いた。予章は長江の支流である贛水《かんすい》に面し、鄱陽湖《はようこ》の豊かな水運によって栄えている。江南、江北の物資や富が集まる、江西随一の大都市である。

二人は城内に入って辺りを見回し、耳を傾ける。無数の人影と声の中に、目指すものを見つけて近づいて行った。

城内の一角では十数人の子供たちが群れ集まって石けりをしていた。身なりは一様に粗末で、顔は埃で煤《すす》けている。

「ぴ！」

那那と這這が声をかけると、何人かの子供が振り向く。

「どこの子？」

と一人の少女が訊《き》いた。子供たちの中でも一番年長であるらしく、背も高い。那那が懐から鏡の欠片を取り出して子供たちに見せる。少女は一瞬表情を変えかけたが、すぐに表情を消した。

「ぴ？」

「これに似た物を見たことがないかって？　鏡なんて上等なものは、欠片でも初めて見たよ」

「なあ弥兎《やと》、これ……」

と言いかける少年の頭を弥兎はぴしゃりと叩いて黙らせる。

「大体あんたたちみたいなちびがどうしてそんな物を持っているのさ」

弥兎が周囲に目くばせすると、子供たちは那那と這這を取り囲み、じりじりと輪を狭めてきた。二人は迫力に押されて後ずさりする。

「私らにちょっと渡してごらん？」

子供たちは少女の合図で一斉に飛びかかった。だが那那と這這はするするとその手をすり抜ける。二人を追い回した子供たちも、ついには膝に手をついて動けなくなってしまった。

それを見ていた弥兎は、

「か、勘違いしないでよね」

と一転して猫撫《ねこな》で声で話しかけた。

「あんたたちの持ってるのは割れた鏡で、それだけじゃ売ってもいくらにもならない。でもきっちり一枚にすれば、きっと値は何倍にも跳ね上がる。私らは残りの欠片を探してあげる。だから、もし揃《そろ》ったら、売値のいくらかを寄越しな」

那那と這這は顔を見合わせて頷き合う。

「よし、納得いったようね。みんな！」

子供たちはあっという間に城内に散って行った。その中で、一人だけ中々動かない子がいる。服はぼろぼろで、性別すらわからない。

「おい月亮《げつりよう》、さっさと行かないと分け前をやらないぞ。お前だって金が欲しいんだろ」

不機嫌そうに弥兎が言い、顎《あご》をしゃくると、月亮は何も答えないまま姿を消し、弥兎は那那と這這の方を見て苦笑いした。

「あいつは早くに父親をなくしてね。母親は寝込んでいるみたいだし、たった一人の兄貴も寺に入っちまった。兄貴が托鉢《たくはつ》したり寺で下げ渡されたものを、こっそりもらって食いつないでいるみたいだけど、あたしらの中でも極めつきの貧乏人さ。ま、あんたらみたいな連中には思いもつかないだろうけど、世間にはああいうのがいるんだよ」

　やがて、子供たちによって街の噂が集まり始めた。

「香林寺か……」

　不思議な鏡の欠片は香林寺という城市内の名刹《めいさつ》にあるという。

「いや、あたしらに忍びこめない所はないんだけど、あそことお役所はなぁ……」

　弥兎は渋い顔をする。

「捕まるとやばいんだよ」

「ぴ？」

「やばいってのはな、鞭《むち》で叩かれたり首をちょん切られたりするんだ」

　だが那那と這這は、同時に胸を叩いて見せた。

「あんたたちがやるの？　やめときな。いや、あの身のこなしならもしかして……」

　弥兎は腕を組み、にやりと笑う。

「それにしてもあんたたち、どこでどれだけあんな鍛錬を積んだんだい。あんたらまだ四歳か五歳ってとこだろ」

　出かけようとした那那と這這は、振り向き、

「ぴぴ」

と答えた。

「二千歳だって？」

次の瞬間、少女は二人の姿を見失っていた。

5

予章城は鄱陽湖に臨む美しい城である。その城市内でもひときわ人目を引く楼閣《ろうかく》が聳《そび》えていた。城外を流れる贛水に降り注ぐ陽光を受けて朱に輝くのは、唐王朝の開祖李淵《りえん》の子、李元嬰《げんえい》によって建てられた滕王閣《とうおうかく》である。

滕王高閣臨江渚　　滕王の高楼、水べに臨み
佩玉鳴鸞罷歌舞　　高貴な遊びは、もう終わってしまった
畫棟朝飛南浦雲　　朝になれば別れの雲が楼閣から飛び
珠簾暮捲西山雨　　暮れになれば寂しき雨が珠簾《たまだれ》を捲《ま》く
閑雲潭影日悠悠　　流れる雲は水面に影を映して悠々とし
物換星移度幾秋　　歳月は過ぎて幾度の秋

閣中帝子今何在　楼中の貴公子も今や何処《いずこ》とも知れず
檻外長江空自流　檻外《かんがい》の長江はただ空《むな》しく流れるのみだ

詩人、王勃《おうぼつ》によってそう詠《うた》われた滕王閣のたもとに、香林寺はある。城市の中枢部からやや離れて長江に面してはいるが、その一帯は独特の典雅《てんが》な雰囲気に包まれていた。それだけに、貧しい子供たちが足を踏み入れることを決して許さない冷たさも漂わせている。

貧しい者が立ち入ろうとすれば、手段は一つだ。そこで働くことである。壮麗な楼閣と、よく手入れされ、計算しつくされた庭園の片隅に、香林寺で働く者たちの住処《すみか》がある。

深い茂みに隠されているその一画は、客の目には決して触れないように作られている。だが、一首詩を吟じようと庭に下りて来た者がいたとすれば、耳を覆いたくなるような罵声《ばせい》が木々の間から漏れ出ていることに気付いたことだろう。

「くずが、隠しごとすんなよ！」

人の体を殴り、蹴《け》りつける鈍い打擲《ちょうちゃく》の音に続き、呻《うめ》き声も聞こえて来る。

「……隠してなんかない」

「うそつけ鉄心《てっしん》。お前が何かお宝を手に入れたことは噂になってんだよ」

男たちと数人の若い僧が円になって、一人の少年を取り囲んでいる。その中心でうずくまっている少年、鉄心は僧衣を着て頭を丸めてはいるものの、衣は汚れ、髪も伸びかけている。

「誰のおかげでこの寺にいられると思ってるんだ」

「……お前らのおかげじゃねえ」

鉄心の言葉に激昂《げきこう》した男たちはさらに暴行を加えた。

「てめえ、ぶっ殺すぞ」

「ああ殺せよ。宝はお前らの手に入らないぞ」

その言葉はさらに男たちを苛立《いらだ》たせた。

「じゃあ殺してやるよ！」

一人が近くにあった鍬《くわ》を手に持つと振り上げた。だがそこに赤と青の閃光《せんこう》がひらめき、鍬を吹き飛ばす。派手な音を立ててへし折られた鍬を見て、男たちは青ざめると、一目散に逃げ去った。

「……いってぇ」

鉄心は頭を振って立ち上がる。頬はこけ、手足も胴も、子供らしい丸みがまるでな

かった。よろよろとよろめきつつ、

「恩を売ったつもりかよ」

宙に向けて吐き捨てる。その声は敵意に満ちて軋《きし》んでいた。慎重に周囲の気配を探っていた鉄心は、

「そこだ！」

と叫んで握りしめていた拳《こぶし》を開く。眩《まばゆ》い白光が手のひらから放たれ、茂みの一角を照らす。姿を現した二人の童子がぴいぴいと悲鳴を上げて逃げまどい、やがて寺の外へと飛んで逃げた。

「変なのが来やがった」

鉄心は血の混じった唾《つば》を吐き、切れた口元を汚れた袖で拭《ふ》いた。

「でも絶対これは渡さない。これさえあれば、俺たちは……」

そう言うとぐっと拳を握りしめた。そして足を引きずりながら、粗末な小屋へ戻ろうとした時、再び手のひらを大きく開いて空へと向ける。

何もない虚空《こくう》に先ほど消え去ったはずの二人の童子の姿が現れて、ぽとりと地面に落ちた。

「変化《へんげ》の術を使ってもこの鏡の前では一切無力だ。帰れ！」

逃げ出した童子のうち一人が、懐から何かを落とした。慌てて拾い上げてから寺の塀を飛び越えて行くその背中を、鉄心は息を詰めて見送っていた。

「やっと見つけた……」

鉄心は手のひらにじっと視線を落とし、何かを決意したようにくちびるを噛みしめた。


その夜、鉄心は鏡を手に予章の城市を歩き回っていた。

「この辺りにいるはずなんだけど……」

鏡が微《かす》かな光を放ち、鉄心に何かを告げる。市の外れにある貧民街で足を止めると、その視線の先には二人の童子が肩を寄せ合うようにして休んでいた。

「妙な神仙の類《たぐい》かと思ったら、本当にただの子供なのか。いや……」

青と赤の閃光で鍬を吹き飛ばした術はただ者ではない。しかも、熟睡しているように見えた童子たちはぱちりと目を見開いて鉄心を見ていた。

「別にちょっかいをかけようってわけじゃない。お前たちも俺もこの鏡の欠片を持っている。お互いを出し抜くことは出来ない。それはさっきわかったはずだ」

用心深く距離をとり、鉄心は声をかけた。

「お前たちもこれが欲しいんだろう?」

童子たちはこくりと頷く。

「何故《なぜ》欲しいんだ」

だが答えは返って来ない。

「なるほど、手の内は見せないってことか」

鉄心は拳《こぶし》を開く。そこには鏡の半分が握られていた。

「ぴ!」

那那と這這が手を出すと、鉄心は慌てて手のひらを閉じた。

「この鏡は俺が命にかけても守るんだ。もし盗もうとするやつがいたら、万里の先まで追いかけて行って首をねじ切ってやる」

僧とは思えない激烈な言葉を吐き、その上で一つの提案を持ちかけた。

「お前たちが持っている分と俺が持っている分、合わせて一つになるみたいだ。どうだ、お互いのを賭《か》けて勝負しないか」

那那と這這は目をぱちくりさせて次の言葉を待っている。鉄心が持ちかけてきた勝負は、ごく簡単なものだった。

「一昼夜の間に、この予章城市内で俺を捕まえてみろ。出来ればお前たちの勝ち。出来なければ俺の勝ちだ。どうだ」

「ぴ!」

すぐさま二人が応じると、

「よし、勝負は明日の正午からだ」

と不敵に笑って、鉄心は闇《やみ》の中に姿を消した。

6

江南のじっとりと湿った空気が予章城を覆っている。あまりの湿気に風も重く、滕王閣の高楼も霧に煙っていた。

正午の太鼓が城内に響き、那那と這這はさっそく動き始めた。

「おい、やっぱりわしが手伝おうか」

鼻風邪が治らず、くしゃみをしながらも追いかけてきた布袋上人が申し出ても、二人は手のひらを前に突き出してきっぱりと拒むのである。

「ようわからんやっちゃ。でもことの次第くらいは見ててもええやろ」

布袋はそう言うと、肩に担いでいた袋に息を吹き込んで風船にし、口を結ぶと摑《つか》まって空に昇って行った。那那と這這は布袋を見送ると、城市内のあちこちを飛び回りながら鉄心を探し始める。かくれんぼでもしているかのように楽しげだ。

城市内の、貧民街にやってくると、今回も子供たちが集まって石けりをしていた。童子たちに気付いた頭目の少女、弥兎が駆け寄ってくる。

「何してるの？」

「ぴ」

と二人が経緯を説明すると、面白そうじゃないの、とついて来ようとする。二人は断ろうとしたが少女たちも引かない。こんなに面白そうなことを逃してたまるものか、と後をついて回る。

「ぴぃ……」

困り果てた那那の袖を這這が引っ張る。急に走り出して路地を曲がり、手を繋《つな》いでぽんと宙返りをすると二人は小さな毬《まり》へと姿を変えた。子供たちはその横を走り抜けて別の路地へと去っていく。

だが元の姿に戻ろうとした二人は、月亮が自分たちを見つめていることに気付いた。子供たちの中でもとりわけ貧しい身なりだった少女、月亮が、二人が化けた毬を拾い上げたのである。ぐっと毬を胸に抱きしめた月亮は、重い足取りで城市の外へと向かう。

城市のすぐ西には贛水が鄱陽湖に向かってゆったりと流れ、小舟に乗った漁師が網を引いている。少女は岸に座って、

「兄ちゃん……」

と呟《つぶや》いた。毬をついては岸辺に座り、空を仰ぐ。だがすぐにまた毬をつき始める、といった具合で落ち着かない。やがて少女は那那と這這の化けた毬を抱えたまま走り出し、再び城市内へと入った。

あばら家の立ち並ぶ一角に、少女の家がある。そこからは、苦しげな呻き声が聞こえていた。屋内を覗くと、月亮の母が白目をむき、体をよじらせている。少女は毬をぎゅっと抱きしめ、重い足取りで家から離れると、再び城市をふらふらと歩き始めた。

すると、子供たちの集団に再び行き合った。

「あれ月亮、こんなところにいたのか」

弥兎が駆け寄ると、月亮は毬を懐に隠そうとした。

「大丈夫だって。取り上げやしないよ。それより、あの二人を見失っちゃった。悪いね」

と申し訳なさそうに頭を掻く。

「いいの。ありがとう」

月亮はふるふると頭を振り、礼を言った。

「あの童子たちが持っていた鏡の欠片、何とか手に入れようと頑張ってたんだけどね。どうにも不思議な術を使いやがるんだ」

悔しげに弥兎は舌打ちをする。

「あの子たちは兄ちゃんを見つけられない」

「ああ、やっぱりお寺に隠れて……」

と言いかけて慌てて口をつぐみ周囲を見回す。

次の瞬間、毬は月亮の手から飛び出して宙を舞うと、二人の童子へと姿を変えた。

「いないわよね」

弥兎が慌てて捕まえようとした時には、既にその姿は消え去っている。

「しまった！　みんな、香林寺へ急げ」

子供たちは弥兎と共に寺へと急ぐが、門前で追い払われ、地団駄を踏むしかなかった。

那那と這這は軽々と寺の門塀を飛び越え、誰にも気付かれることなく本堂へと近づいていく。予章の豊かさを示すように反り返った伽藍《がらん》の屋根の下を、二人の童子はさかんに囀りながら往復している。

ただお喋《しゃべ》りをしているわけではない。石像の一つ一つから木の一本一本に至るまで、二人は指で触れ、鉄心の気配を探っていた。

「ぴ……」

那那が本堂の中央に鎮座するご本尊を指差す。薬師如来《にょらい》の慈愛に満ちた表情が、燭《しょく》の明かりに照らされて二人を見下ろしていた。違う、と這這は首を振る。むしろその周囲を取り巻くように安置されている十二神将の塑像《そぞう》に興味を示した。

宮毘羅《くびら》、伐折羅《ばさら》など薬師如来を守る護法《ごほう》の神々が周囲から迫りくる病魔を威嚇《いかく》するように、憤怒《ふんぬ》の形相で十二方を睨《にら》みつけている。一体ずつ見ていくうちに、真顔になった童子たちの瞳《ひとみ》がきらりと光った。

一本一本指を折って数えていく。那那の指が十本、そして這這の指が二本曲げられた。だが十二神将の塑像はまだ一体、残っている。

「ぴ？」

二人は何度も数え直すが、やはり一体残っている。二人は一体ずつ、塑像のつま先に触れていく。ひんやりとした塑像の感触の中に、一体だけ、ほのかに温かいものがあった。

見上げると、午年《うまどし》の守護神将、珊底羅《さんていら》大将である。もう一度慎重に童子たちがそのつま先に触れる。微かな脈動を感じた那那が懐から鏡の欠片を取り出した。わずかな燭光《しょっこう》を鏡に反射させ、珊底羅の頭部からゆっくりと照らしていく。

足もとまで照らし終えて現れたのは、術を破られ無念の形相をした鉄心の姿だった。

「ぴ！」

喜び踊り回る童子の前で、鉄心は歯嚙みをして悔しがる。

「ちきしょう……」

膝をつき、涙を流す鉄心は、それでも潔《いさぎよ》く鏡の欠片を那那と這這の前に差し出した。

だが童子たちは受け取らず、逆に自分たちの欠片を差し出す。

「情けはいらない。嘘《うそ》もつきたくない。お前らが勝ったんだから、持ってけよ」

顔を真っ赤にして鉄心は欠片を押しつけようとしたが、童子たちは手のひらを突き出して拒み、押し問答となった。

「そう力むでない」

鉄心と童子たちは驚きのあまり壇から落ちそうになった。人の気配のなかった本堂の暗がりから、腹の大きく突き出た僧侶がゆらりと姿を現した。布袋である。

「お前たちが鏡の欠片を全て揃えたとて、元の姿にすることは出来まい。わしが手を貸してやるわい」

布袋が双方の欠片を前にして、大きなくしゃみを放つ。口からしぶきが飛んで鏡にかかると瞬時に染《し》み込み、それが糊《のり》の役割をして美しい円鏡が完成した。

「これでええ」

満足そうに言うと、布袋は那那と這這に鏡を手渡そうとする。それを悔しげに見つめていた鉄心は、肩を怒らせて本堂を出て行こうとした。その時である。

「ぴ!」

那那が布袋の前に小さな手のひらを突き出して、首を強く振った。

「おい、もう勝負は終わったんやで。わしが手助けしたってええやないの……。ああ、この手に鏡を乗せろ言うんか。せっかちなやっちゃ」

苦笑いしながら布袋は鏡を那那の手に持たせてやる。ふと布袋が本堂の入り口の方に顔を向けると、這這が通せんぼうをして、鉄心の行く手を塞《ふさ》いでいた。

「何しとるねん。勝負はついたんやから、そういうおふざけは感心せえへんで」

布袋は童子たちをたしなめたが、這這はどこうとしない。鉄心は怒りを押し殺した表情で、這這を睨んでいる。だが這這はかまわず那那を手招きすると、二人揃って鏡に手を添え、鉄心に差し出した。いらねえよ、と鉄心は拒んだが、二人は鏡を押しつける。

「ぴぴぴ」

「何やて……。そらほんまか」

童子たちの言葉を聞いて、布袋は興味深そうに顎の下の肉を揉《も》んだ。

「鉄心とやら。お前の母御は憑《つ》き物の病にかかっているとな」

「憑き物だか何だか知らないけど、具合は悪いよ。この鏡を売った金で、いいお医者に診てもらうつもりだったんだ」

「いや、医者で何とか出来るもんではない。その鏡を持って母御の所へ行こう。そしたらこの子らがお前に鏡を譲ろうとした理由がわかるわい」

鉄心の顔が一瞬上気したが、すぐにむっつりとした表情を作ってようやく鏡を受け取った。

7

香林寺の門前では、弥兎や月亮たちが落ち着かない様子で待っており、鏡を持った鉄心の姿を見て歓声を上げた。

「俺は負けたけど、この人たちが鏡を使っていいって」

鉄心は律義《りちぎ》にそう説明した。月亮は童子たちへの礼もそこそこに、母の容態が急変したことを告げる。横たわって苦しそうに呻くのではなく、怪力を発揮して暴れだしているのだという。

「それはまずい」

布袋の表情が険しくなった。

「何かが憑いてるのやとしたら、心身共に操れるようになってきてるいうこっちゃ。急がんと、母御の身も心も食い尽されてしまうで」

鉄心はそれを聞くと月亮の手を引いて走り出す。那那と這這と子供たちも急いで後を追った。街路を抜けると、城市の貧民街の外からでも奇怪な叫び声が聞こえてくる。人々が遠巻きに家を破壊して回る鉄心の母を見ている。

「母ちゃん！」

鉄心と月亮の声に一瞬、母の動きが止まった。

「鏡を向けたれ！」

布袋の声と共に鉄心は鏡を母に向けた。光が鏡面に集まり、放たれる。暴れていた母の体が光に包まれ、その背後に巨大な影が浮かび上がった。数丈もある大蜘蛛《おおぐも》が姿を現し、牙《きば》を鳴らして周囲を威嚇する。

「えらいもん憑いとるな。こら逃げた方がええかもしれへんで」

人々は既に慌てふためいて逃げまどっている。布袋は弥兎に命じて子供たちを避難させるように命じた。だが子供たちは互いの手を握って逃げようとしない。

「鉄心たちが頑張ってるのに私らだけ逃げられるかよ」

「ぴ！」

那那と這這も弥兎たちの姿を見て布袋を見上げる。

「ほほう、ええ根性や。そういう気概を見せられたらわしも一丁やったらんとな。後はわしに任せと……っくしょい」

印《いん》を結んで術を放とうとしていた布袋は立て続けにくしゃみをした。悪いことに、それが大蜘蛛の注意を引いてしまう。

「まずい。ほんまに逃げなあかん」

布袋の顔が初めて青ざめた。弥兎たちも浮足立ったその時、鉄心の持つ鏡が震え始めた。獅子《しし》の咆哮《ほうこう》に似た音が響くなり、鏡から一陣の強風が吹き出す。風と共に姿を現したのは、香林寺の十二神将と見まごう、憤怒相の魔神である。全身から放たれる闘気は周囲を圧し、逃げかけていた人々も思わず足を止めて見とれるほどだ。

髪を振り乱して間合いを一気に詰めた魔神は、大蜘蛛と鈍い音を立ててぶつかり合う。拳と牙が何度も交錯し、その度に滕王閣がぐらぐらと揺れる。だが魔神は、ついに大蜘蛛の体をへし折ると、城壁の上から贛水へと投げ捨てた。

城市内は喝采《かっさい》に包まれ、鉄心と月亮は鏡を投げ捨てて母に駆け寄る。

「だめだ。母ちゃん死んじゃった……」

意識の戻らない母の体を揺らして泣く二人の背後に、魔神が立った。振り乱した髪を結び、衣に袖を通すと、それは司馬承禎の姿となった。那那と這這が駆け寄ってぴいぴいと助けを求めると頷いて膝を折り、鉄心に声をかける。

「感心な孝子《こうし》よ、君は私の力を使う資格がある。任せなさい」

司馬承禎は鉄心と月亮を母から離れさせると、膝をついて彼女の胸に手のひらを置いた。地響きがするほどの気合と共に、道士の体が雷光を帯び始める。

「疾《し》ッ！」

声が発せられると同時に母の体は大きく波打ち、治まるとゆっくりと体を起こした。

しばらくぼんやりしていたが、鉄心たちの顔を見て微笑《ほほえ》みを浮かべる。固唾《かたず》をのんで様子を見つめていた弥兎や街の人たちも、安堵《あんど》のため息を漏らした。

「よかった。一件落着ですね」

司馬承禎は汗をぬぐい、立ち上がる。ぴぴ、と嬉《うれ》しそうな声を上げて周囲を駆け回る那那と這這の頭に優しく手を置き、

「お前たちもご苦労さま。あの少年は強い願いを抱きながら、その願いに引きずられて約を違《たが》えることがなかった。那那と這這に勝負を挑んで敗れながらもその潔さを失わなかった」

とねぎらった。

「布袋さんにもご厄介をかけましたね」

くしゃみをして鼻水を拭いているところに丸薬を差し出す。

「あの鏡から出てくるのは中々骨が折れましたが、おかげでいい鍛錬が出来ました」

「ほんまや。またちょっとええ体になったんとちゃうか」

薬を酒で飲み込みくしゃみの代わりに大きなげっぷを一つする。

「ええ。中は八方鏡張りでしたから、鍛錬のしがいもありましたよ」

と筋肉を誇って見せる。

「おお気持ちわるい。神仙が肉体に執着して何とする」

「執着こそ愛、愛こそ全て、そして全ては無に帰るのですよ」

楽しげに司馬承禎は言うと、布袋は呆《あき》れたように肩をすくめた。

「あの鏡はどうするねん」

「市井《しせい》に置いておくには危険ですから、私が責任を持って預かっておきます」

「ちゃっかりしとるわ」

布袋は哄笑《こうしょう》し、那那と這這も楽しげに囀る。そして次の瞬間、贛水からの風に溶けるように、彼らの姿は予章城市からかき消えていた。

福毛

1

病院の診察室の前でじっと呼ばれるのを待つのは、あまり得意ではない。ベージュの柔らかい色彩で塗られてはいても、息苦しいことに変わりはなかった。脳神経外科の予約外来の待合室に、人影はない。

かつては病院勤務であったこともあるのに、何らかの宣告を待つのがこれほど苦しいとは思わなかった。窓の外を見れば杏《あんず》のつぼみが膨らんでいる。

誰もいないのに、随分と待たされている気がする。彼は袖《そで》から出た一本の毛を、無意識にいじっていた。

「高橋さん、高橋康介《こうすけ》さん、どうぞ」

細身で長身の女性看護師に呼ばれたため毛を袖の中にしまい、康介は立ち上がった。

「一番へお入りください」

待合室から中に入ると、診察スペースがいくつかに仕切られている。その前にもソファがあるが、待っている人は誰もいない。庭に杏の木が多く植えられている総合病院は、彼が暮らす街ではもっとも医師と設備が整っていると評判だった。薬剤師である康介は、病院のレベルがおおよそわかる。この病院に任せておけば心配ない。

「どうですか」

朗らかな声が医師から発せられた。その胸元には司馬、と書かれている。がっちりとした、医者というよりはラグビーでもやっていたかのような立派な体格であるが、テレビや週刊誌でも紹介されるほどの名医だ。康介も名前を聞いたことがあった。

「私は大丈夫ですが……」

「ああ、そうでした。つい癖でね。病室に入ってきた人には訊《き》いてしまうんですよ」

司馬医師の前にはテーブルがあり、電子カルテとＣＴなどの画像が二つのモニタに映し出されている。

「で、奥さまのことですが」

康介は身を強張《こわば》らせた。仕事から帰ってきて彼にただいま、と言った直後、妻の香織は気を失って倒れた。慌《あわ》てて救急車を呼び、応急処置と診察を終えてその結果を聞くためにここにいる。

「ああ、そんなに緊張なさらず。まず、良いことからお知らせします。香織さんは、よほどのことがない限り、今日明日、危険な状態になるということはありません」

ふう、と康介は安堵《あんど》のため息をついた。

「自発的に呼吸をしていますし、心拍血圧その他も安定している。脳にも異状は見られない。はっきり申し上げて、眠っているのとほぼ変わらない。いつ目覚めてもいい状態と言えます」

「本当ですか」

喜びで、涙が出そうになった。

「本当です。これからお話しすることも本当です」

司馬医師の声は、少し暗さを帯びた。

「血液や内臓なども検査したのですが、奇妙なことがわかりました」

医師はそこで言葉を止め、何かを確かめるように画面に見入った。

「詳しい数値は割愛しますが、率直に申し上げて、香織さんのお体は老衰の状態にあります」

「ろ、老衰？　だって妻は……」

「まだ二十八歳なのはわかっています」

「データの取り違えでは……」

「異様なデータが出れば検証しますから、取り違えの心配はありません。以前から何か兆《きざ》しはありましたか？　疲れやすいとか、突然気を失うとか」

と司馬医師はモニタを見ながら言った。康介は苛立《いらだ》った。医師は心配しているというよりは、むしろ興味津々《しんしん》といった表情である。

「ないですよ」

そんなことよりも、香織がどんな病で、どうすれば治るのかを知りたかった。

「だから病気ではないのです。老いて衰えているだけです」

「だけって……。じゃあどうすればいいんですか！」

思わず声が大きくなって、看護師がはっとした表情で康介を見た。

「現代の医学では、老いを止める術《すべ》はありません。老いは病ではない。ごく自然なことなのです。確かに、香織さんの年齢とその外見からは想像しがたい奇妙な現象が起こっていますが、あくまでも老いという現象です」

「だから、それは病気でしょ？」

司馬医師はそこではじめて気の毒そうな表情を浮かべた。

「老いは個人差はありますが、通常ゆっくりと進みます。ですが、香織さんの老いはもしかしたら、急に生じたものかもしれない。その場合、残されている時間はあまりないかもしれません。ですが逆に、長くもつかもしれない」

康介は何も言わず、丸椅子《まるいす》から立ち上がった。

「単なる老化ということなら内科ということになりますが、薬でどうこうする状態でもない。私が経過を見つつ、適切な処置を探してみましょう。それにしても、実に不思議だ」

司馬医師は、モニタを見ながら首を捻《ひね》っていた。

ふらふらと病室へと向かう。妻が眠っているのは、脳神経外科の一般病棟であった。意識が戻らず、モニタで管理されてはいるが、確かに安定しているように見えた。

「老衰……」

誰にも来る。薬剤師の仕事をしていれば、老人の相手をすることも多い。人によっては、手のひら一杯の薬を毎食後に飲んで、ようやく症状を抑えている場合もある。いや、一人で薬を服用できるだけましで、意識のないまま長時間、薬を注ぎこまれて命を何とか保っている人だって多いのだ。

年老いていれば仕方ない。しかし、これまで自分や妻が年老いる時のことを考えたことはなかった。康介の母は彼が幼い頃に亡《な》くなり、父はまだ初老といってもいい年齢で健康だ。祖父母は康介が大学生の時に相次いで世を去ったが、故郷から遠い大学に進学して学業も忙しかったため、闘病していた姿はほとんど見ていない。身の回り自然に老いも死も、ほとんどない人生だった。ゆっくりと上下する控えめな胸元とほっそりした首すじに、老いの気配はない。自慢の肌も黒髪も、全く艶《つや》とハリを失っていない。二年前に双子を出産した後も、元気いっぱいだった。

「どういうことなんだよ……」

向かいの患者が奇声を発して、康介はびくりとなった。よくあることなのか、近くを通りかかった看護師もちょっと覗《のぞ》いただけですぐに立ち去ってしまう。呆然《ぼうぜん》と枕元《まくらもと》に座るうちに、メールの着信があった。

ぐずっているから早く帰って来い、と父の善治《よしはる》からだった。明《あきら》と朋《とも》、と名付けた双子の女の子は、実家の父に預かってもらっていた。まだ二歳の子供たちに、香織のことをどう説明したらいいのだろう。そう思うと気が重かった。

妻の枕元には、携帯電話が置いてある。二つ折りの携帯を開くと、そこには、康介と二人で撮った写真が、待ち受けにしてあった。しかも随分と古い写真だった。

「待ってて」

不意に声が聞こえたような気がして香織を見たが、安らかな寝息を立てているのみであった。

2

康介が生まれ育ったのは、内陸県の小さな盆地にある古い町だ。夏になれば濃い緑に染まり、冬になれば雪に覆《おお》われる峰々に四方を囲まれていた。

小さな盆地の中央には広い河が流れ、その両岸に一つずつ小学校と中学校があった。そして、盆地に一つだけある高校に通う若者は、半分にも満たない。多くは盆地の外の新しい街にいくつかある、自らの学力に合った高校に進学する。外からわざわざ不便なこの町に来る者はほとんどいなかった。

彼がここに通うことにしたのは、単に家から近くて、中学時代の成績からみて勉強せずとも入れそうだったからだ。町の外にある高校は、一番近くても電車で一時間近くかかるし、その電車も一日数本しかない。とにかく、毎日面倒な思いはしたくなかった。

父の善治は、町役場で長年働いている。役場で地味に働いていれば、食うには困らない。母がいないこともあるのか、康介が望む物を大抵買ってくれた。幼い頃からいろいろと習い事には行かされたが、すぐにやめてしまった。父はその度に叱《しか》ったが、それだけだった。そうして康介は、筋金入りの怠惰を手に入れたのである。

　高校は、一クラスしかなかった。

「来年、廃校になるんだってよ」

　入学式の話題はいきなりそれだった。前の席に座ったのは康介の幼馴染《おさななじみ》の隆《たかし》だった。剣道が強く、スポーツ推薦の話があちこちから来るような男だった。だが何故《なぜ》かこの学校に入学した。他にも同じ中学から来た者が多いので、緊張するということもなかった。狭い町だから、川向うの中学出身の連中も大抵は顔見知りだ。

「すげえ倍率だったもんな。〇・五倍切ってた」

「そうなの？」

　数年前から名前を書けば入れる、というほどに志望者は減っているが、そこまでとは康介は思っていなかった。

「遠くへ通うの、めんどくさいだけで選んだからな」

「出た、康介のめんどくさ病」

「病気じゃなくて性格なんだって。お前こそなんで山向こうの私立に行かなかったんだよ。剣道部強いだろ」

「父ちゃんが倒れたから仕事手伝わなきゃいけないんだよ」

とさらりと言った。

「家のために働くのが長子の務め」

「ふっる」

「いいんだよ。俺だってここを離れたくなかったんだから。お前だってそうだろ。代わり映えしなくてつまんねえけど」

四月の初めということで、まだ窓は閉められている。盆地を区切る山並みの上部はまだ白い。気温も低いはずだったが、ガラスを通して入ってくる日光は暖かだった。彼が座っているのは窓際《まどぎわ》から二列目で、隣は空席になっている。教師が入ってきて何か話しているが、康介はうとうととうたたねを始めた。

窓は開いていないのに、何やら甘い香りがする。教室の中にいるのに、誰もいない野原で寝そべっているような気がした。いい香り、とうっとりしていると、

「待たせたね」

耳元で柔らかな声が囁《ささや》いた気がして、康介は飛び起きた。

「待ってないです！」

「おい高橋」

三十過ぎと見える女性教師が教卓に両手をついて顔をしかめていた。

「私はお前が起きるのを待っていたぞ」

彼女の言葉に、クラスがどっと笑った。

「なるほど評判通りのぐうたらものだな。入学式早々から堂々と寝る奴《やつ》は……わりといるな。だがここまで爆睡している奴は珍しい。皆も寝るならこれくらい堂々と寝ろ」

康介もさすがに首を縮めてお説教を聞いていた。

「私だって昨日飲み過ぎて頭が痛いのを我慢してこうやってお前たちの相手をしてるんだ。社会の役に立たないのなら大人しく寝ているのも一つの選択肢だ。高橋はまずそのくちびるの端に垂れたよだれを拭《ふ》け。それが高校生活の第一歩だぞ」

教師はたくみに笑いを取りながら、プリントを配ったり学校生活の注意点を流暢《りゅうちょう》に説明した。

「これ」

左肩を叩《たた》かれたので振り向くと、ハンカチが差し出されている。先ほどまで空席だった窓際の席に、一人の小柄な女生徒が座っていた。腰まである黒髪が、ガラス越しの陽光を受けて輝いている。

「早くハンカチ取って口を拭け」

康介より頭一つは小柄で、差し上げるようにしてハンカチを持っている。慌《あわ》ててハンカチを受け取って拭いてから、それが彼女のものであることに気付いた。

「いつまで寝ぼけているんだ？」

ぼんやりと持っているハンカチを取り返し、彼女はすっと自分のポケットに入れなおした。

「俺のよだれ、ついてるけど……」

「ばっちいね」

康介の言葉に女子生徒は笑って言った。それが、康介と香織の出会いだった。

二人までたどればまず知り合いの学校の中で、彼女のことを知る者はほとんどいなかった。誰を拒んでいるわけでもなさそうだったが、香織は皆に避けられているように見えた。

「あいつ、美人だけどなんか変じゃね？」

というのが隆を含めたクラスメイトの一致した意見だった。

「あれ見ろよ」

香織は、学校の屋上にいた。屋上の柵《さく》の外に立っている。初めて彼女がそうした時は、大変なことになった。パトカーやらレスキュー隊が出る騒ぎになったが、彼女は

身軽に柵を飛び越えると、

「ボクの気晴らしを邪魔しないでもらいたい」

と警官や教師たちに向かって堂々と言い放ったのだ。奇妙な行動も慣れると気にならないもので、香織が校舎の屋上や木の上などに立っていても、誰も何も言わなくなった。日常は坦々《たんたん》と続いていった。ただ、クラスメイトの間では、あいつはイタい、ということになっている。

「ボクっ子だぜ」

「それはどうでもいいんじゃないの」

「康介、仲いいもんな」

隆が冷やかすように言った。

「別にそんなことないけど……」

「好きなの？」

「なんでそうなるんだよ」

ほとんど聞いてもいない授業が終わり、康介は校舎を出た。部活に入っていない彼は、さっさと靴を履き替えて帰る。帰って何をするわけでもない。ただ家の中でごろごろしているだけだ。父子家庭なので気が向けば夕食を作ることもあったが、それは特に食べたいものがある時だけである。

校門に差し掛かった時、誰かが立っていることに気付いた。

「よ」

と手を上げたのは香織である。

「よ、じゃないよ。あんな危ないことしちゃダメだよ」

「見てた？」

「そりゃ見えるよ。いつもいつも怖くないの？　落ちたら死んでしまうよ」

「それはどうかな？　まあいいや。帰ろう帰ろう」

これは確かにイタい。だが、嫌ではなかった。何故か、彼女は下校する時にこうして待っていてくれる。別に告白されたわけでもないが、こうして一緒に帰っている。確かに隆に冷やかされるのも仕方がなかった。

高校や町役場、さびれた商店街の集まる古い町の中心部を抜けると、やがて田畑と住宅地が混じり合う一画に出る。道を歩く人影はほとんどなく、車も通らない。新しく広いバイパスと大きな駅が盆地の外に建設され、古い町は活気を失いつつあった。

「なあ、俺たち付き合ってるの」

康介はここしばらく疑問に思っていることを口にした。

「ボクと付き合う？　それは色恋を含めてという意味かい」

妙な表現をされて、康介は戸惑った。

「キミはそれを望むのか？　望むのなら口に出して言いたまえ。さあ、ほら、早く、さっさと、ボクの、気が、変わらないうちに」

黒い瞳《ひとみ》がじっと見上げている。

「ちょっと待って」

康介がたじろぐと、香織はふっと表情を和らげた。

「待つさ。ボクは散々待たせてきたわけだから」

不思議なことを言って、香織は康介の手を握った。そこからすすっと、袖を上げた。

「な、何？」

「これ」

と腕に生えた細く長い、金色の毛に触れた。

「よく育てたね。これからはボクも一緒だ」

「この毛、そんなに気になる？」

幼い頃から左腕に生えていて、何をしてもなくなることがなかった。抜こうとしても抜けず、切ってもまた生えてくる。中学生の頃はコンプレックスで隠していたが、もう気にもしなくなっていた。

「これは、ボクたちの骨だ」

香織はその毛を優しくひとさし指に巻きつけ、ほどいた。

「骨？　毛だけど……」

「いいんだ。これはボクとキミを成り立たせている骨だ。大切にするんだよ」

「よく意味が分からないよ」

「とにかく大切にするんだ」

「わかったよ。信用してよ」

「キミのことは何でもわかるけど、信用したことはあまりないんだ」

「ひどいね」

康介にはよくわからないことを時折言う人であったが、そこから二人は、ずっと一緒にいるようになった。

3

康介の実家は古い町に建つ町役場近くの、公務員住宅だ。彼が生まれてすぐに建てられたこの団地に引っ越して間もなく、母は病に倒れて世を去った。２ＬＤＫの間取りは、父と子の二人暮らしには十分な広さであった。香織が入院している総合病院もかつては古い町にあったが、今は新しい街に出来たバイパス沿いに移転していた。

築三十年近い集合住宅には傷《いた》みも目立つようになった。外壁こそ塗り直しているが、階段は黒ずんでいるし、時代遅れの鉄の扉には錆《さび》が浮いている。その扉越しに、激しい子供の泣き声が聞こえる。

壊れているのか調子の外れた音のする呼び鈴を鳴らすと、父の善治が顔を出した。疲れ果てた顔をしている。

「面倒見てもらって悪い」

「それはいいんだが、お母さん、お母さんと泣くのがかわいそうでな」

と涙ぐむ。

「で、香織さんの容態は？」

「一度目を覚ました」

「本当か！」

「そんな気がする」

「お前も大丈夫か……。それで、先生は何と言ってるんだ」

父が心配そうな顔をしたので、

「心配いらないって」

努めて明るく言った。その足元に、明と朋が飛びついて来た。

「お母さんは？」

「いつ帰ってくるの？」

泣き続けていたのか、目の周りが真っ赤に腫《は》れている。二人を抱きしめながら、康介はただ、大丈夫だと繰り返すしかなかった。

もしかして、一晩明けたら欠伸《あくび》をしながら目覚めるのではないか、という淡い期待は翌日あっさり裏切られた。むしろ、色々と、検査もせねばならず退院のめどは立たないと言い渡されたほどである。それでも、仕事は続けなければならない。

父は、子供たちの面倒を見るために仕事をしばらく休むとまで言ってくれたものの、子供たちがそれほど懐《なつ》いていないことが心配だった。やはり康介が仕事に出ている間は、保育園に預けることにした。

ただ、康介の住む盆地の外の新しい街では保育園がいっぱいで、結局毎日古い町のある盆地を往復することとなった。幸いなことに、明も朋もすぐに保育園に慣れ、初日にして帰るのを嫌がるほどだった。

朝六時には起きて子供たちと自分の食事を作り、家事をなんとかすませて保育園へ送り届け、仕事をこなして家に帰ってまた子供たちの食事を作り、風呂《ふろ》に入れて寝かしつける。その合間に病院を訪れて香織を見舞う。そんな生活が続き、夜になると体はぐったりと疲れていた。

幸いなことに、勤め先の薬局は総合病院の近くにある。店長は事情を知ると、

「仕事のことは気にしなくていいわ。あと、治療のことであまり心を悩ませないでね。プロに任せて、子供たちのためにも自分の心身の健康を考えなさい」

と言ってくれた。そうして二週間ほど経《た》ち、ようやく生活のリズムが摑《つか》めてきたころ、康介は再び司馬医師に呼び出された。病室の香織は相変わらず、静かな表情で眠り続けている。老いの兆候もなく、規則的に上下する胸元に病の気配も感じられない。夕刻の待合室には人影がなく、廊下を行き来する医療スタッフの姿も見えず、一人で待っているのが怖いほどであった。

前と同じ長身の看護師が康介の名前を呼び、診察室に入る。大きなモニタの前に座った大柄な男が、眼鏡をずらして康介を見た。

「香織さんのことですが」

司馬医師は以前よりも、どこか事務的な口調で言った。

「率直に申し上げて、相当に老いが進行しています。命を維持する心肺その他内臓の働きが低下し続けています」

「……それを治療するために入院しているんです」

苛立ちを覚えつつ、康介は言った。

「以前も申し上げたかもしれませんが、どのような病も力を尽くして治療するのが病院という施設です。ですが、老いというのは病ではない。自然現象なのです。もちろん、延命の手立ては尽くせますが」

「香織は年齢にしては異様に老化が進んでいるんでしょう？　それは病気とはいわないんですか」

「高橋さんと病についての定義を論ずるつもりはありません。今は自発的に呼吸をしていますが、そのうち様々な処置が必要となってくるでしょう。どの程度の延命処置をされるか、ご家族で話し合って下さい」

と康介に言い渡した。

「それは、回復の見込みがないということですか」

司馬医師はじっと康介を見つめたま、答えなかった。

子供たちを迎えに行かなきゃ、と思いつつも、どうしても足が向かなかった。時計を見ると、五時半を回ったところである。延長保育は七時までだ。

新しい街には、新しい駅がある。特急も停まり、駅前には繁華街があった。街を一ブロック歩けば、さらに大都市につながるバイパスがある。町の中心は盆地の中から新しい街へと移り、郊外のバイパス沿いへと変化していた。

飲食店やいかがわしい店の看板が明滅している中をふらふらと歩いた。寝ているだけという延命治療の話なんてひどすぎる。

まだ若いのに、子供も小さいのにどうするんだ。膝《ひざ》が震え、気分が悪くなる。歩行者専用の、仕事を終えた人たちが埋め尽くすように歩いている道で、康介は気を失ってしまった。

4

この匂《にお》い、嗅《か》いだ事があるな、と康介は懐かしく思った。肉桂《にっき》の強い芳香の向こうにあるのは、鬱金《うこん》だ。陳皮《ちんぴ》の爽《さわ》やかな香りも混じっている。

目を開けると、天井が見える。白い蛍光灯がちらちらと光り、濃密な漢方薬の匂いが立ちこめていた。カーテンで仕切られた診察台のような所に寝かされている。病院に担《かつ》ぎ込まれたようだが、診察室でここまで漢方が匂っているのは珍しい。

体を起こすと、カーテンが薄く開けられた。長身の細身の男が覗いている。陰気な顔をしているその男はカーテンを閉め、

「先生、お目覚めのようです」

と声をかけている。

「わかった」

と若々しい声がして、カーテンがさっと開かれた。

「お加減はいかがですか」

顔かたちも声も、まだ少年のようだった。

「大丈夫です。すみません……」

「頭を打たれているわけではありません。外傷もありませんし、大丈夫ですよ。ただ、普通にしていて昏倒《こんとう》するのは健康とはいえませんね。大きな病院に行って診察を受けるのがよいでしょう」

ありがとうございます、と康介は頭を下げる。医師らしき若者の背後には、古びた木の看板が掛けられている。

「胡蝶《こちょう》薬房……」

「ええ、ここは東洋医学を用いる治療院です。西洋医学の方法ではよくならない病を治す方法、健康な人が病の淵《ふち》に落ち込まないような暮らし方をご提案させていただいています」

にこにこと笑いつつ若者は言った。

「本当にご迷惑をおかけしました。お代は……」

「自ら来られた患者さんではないのですから、お金はいただきませんよ。ただ、おせっかいついでに少しだけお話ししていきませんか？」

そう言われると断りきれず、浮かしかけた腰を落ち着けた。

「ありがとうございます。こういう仕事をしていると、病を得ている人をほうっておけなくて」

「それは、俺のことですか？」

「もちろんです。ああ、私は鈴木といいます。ご覧の通り、薬師《くすし》を営んでいます。薬を専門に扱うので薬師を名乗っています。薬剤師の資格も持っていますが、その呼び方に今ひとつ馴染めませんでね。こちらは助手の劉《りゅう》くん。中国からの留学生ですよ」

少年のように見える漢方薬師はそう自己紹介した。

「劉くんが道端でうずくまっているあなたに気付いて、運び込んでくれたのですよ」

その留学生は長い手足をだらりと垂らし、ほとんど表情を動かさない。康介が頭を下げても、わずかに視線を動かしただけであった。

「ちょっと人見知りでね。で、運び込まれてきたあなたの脈をとったわけです。東洋医学の基本は脈拍とその人の挙措ですからね。私はその人の脈を知れば、五臓六腑《ごぞうろっぷ》の調子が大抵はわかります」

「五臓六腑って、内臓全《すべ》てですか……」

大げさな、と康介は思った。

「脈は何も、拍動の数や強さを測るだけではないんですよ。修行を積めば気の流れである気脈や、精神の流れである心脈まで理解できるのです」

康介はたじろいだ。東洋医学と言っているが、医療の周辺には無数の、根拠の怪しげな民間療法がある。現代の医学ではまだ治癒できない病に苦しむ人たちを食い物にしている連中だ、と康介は嫌っていた。鈴木の言い方にそんな胡散臭《うさんくさ》さを感じ取った。

「お疑いのようですね」

鈴木はすっと手を差し伸べてきた。異様に黒い瞳の色に引き込まれそうになった自分に驚いていると、手を摑まれていた。ひんやりとした細い指なのに、手を引こうとしても動かない。

「気を楽になさって下さい」

静かな声に、手の力を抜く。目を伏せてしばらく脈を見ていた薬師は、

「なるほど、やはり」

と頷《うなず》いている。

「何かわかるのですか」

「お悩みがあるようですね。それも深い悩みだ。……ご家族が……病に……それも、重い病にかかっていらっしゃる」

康介は気味が悪くなって手を強く引いた。

「本当にご迷惑をおかけしました」

と立ち上がる。

「ご家族は、あなたの脈の乱れを見るに、それは最愛の人ですね？　奥さまか、お子さまか」

深い沼のような瞳を振り切るようにして、康介は胡蝶薬房を後にしようとした。

「私には、その悩みを解消する方策があります。もしご興味がおありでしたら、いつでもおいで下さい。お待ちしていますよ」

耳にまとわりつくような優しい声に耳を塞《ふさ》ぎつつ、街へと走り出た。

5

その夜は体が重く、疲れているのに眠れなかった。目を瞑《つむ》ると、胡蝶薬房の薬師の言葉が何度も耳に甦《よみがえ》ってくる。

「解消する方策ってなんだよ」

最先端の医療でどうにもならないものが、あのような怪しい民間療法に治せるものか。きちんと西洋の医学や薬学を学問として学んだ者なら、民間療法は心理的な効果以上のものを得られないことを知っている。

ほとんど眠れないまま、空が白んできた。明と朋は、香織が入院したばかりのころは夜泣きを繰り返した。だが、康介がこの生活に慣れるにつれて落ち着きを取り戻して、眠りも深くなっている。

そのまま、六時の目覚ましが鳴った。子供たちに朝ごはんを食べさせ、保育園に送り届けなければならない。どれだけ寝不足だろうと疲れていようと、子育てと家事に休みはない。

卵焼きを焦《こ》がしてしまい、ため息をついた康介はふと気付いた。

香織は何食わぬ顔で毎日を過ごしていたが、実は疲れていたんじゃないか。自分は気を遣っていたつもりだった。休みの日には手伝えることは手伝っていた。それでも、妻の微《かす》かな変化に気付けなかったのではないか。

老衰、としか司馬医師は言わなかった。だが、妻の体内が百歳を越える老人と診断される状態と気付かなかったのは、誰のせいなのか。

二度目の卵焼きが滲《にじ》んだ。

「まんま」

「まんま」

と双子が朝ごはんをねだっている。涙を拭いて、卵焼きとみそ汁を仕上げる。派手にこぼしながらも、旺盛《おうせい》な食欲を見せて食事を平らげる子供たちを見ていると、落ち込んだ気持ちもほんの少し戻ってきた。

二人を保育園に送り届け、職場の薬局へと向かう。ほとんど眠れていないせいで、体が重い。それでも、仕事に没頭して疲れを忘れようとした。この日は忙しく、あっという間に夕刻となった。

「上がっていいわよ」

店長が声をかけてくれた。

「一人で子育ては大変でしょう。特に男手一つだとねぇ」

「すみません、ご迷惑をかけて……」

「いいってこと。早く行ってあげなさい」

康介は礼を言って職場を後にする。携帯を見ると、着信があった。番号に見覚えがあると思ったら、病院からである。不吉な予感に襲われながら留守電を再生すると、すぐに病院に来て下さい、と聞き覚えのある看護師の声でメッセージが入っていた。ご家族と共においで下さい、と締めくくられていた。

それまで忘れていた体の重さが、両肩にのしかかってくる。急いで保育園に子供たちを迎えに行くと、保育士の先生に心配されるほどに青ざめていた。

「まんま？」

と見上げてくる二人に、

「お母さんに会いに行こう」

と告げた。

「まんま！　まんま！」

明と朋は大喜びだ。子供たちはご飯も香織も、全てまんまと言う。だが、これほど嬉《うれ》しそうなのは久しぶりだった。それだけに、康介は胸が苦しくなった。

「まんまも会いたいって」
泣かないように必死に気を張りながら、病院へと向かった。新しい街の中心にある総合病院に二人を連れてくるのは初めてだった。眠ったままの香織を見せることで、余計に子供たちが辛《つら》くなるのではと考えていたが、それも正しかったのかどうか、わからないでいる。

脳神経外科の一般病棟は、静かであった。

夕刻で、入院患者には食事が運ばれつつあった。子供たちは車の中でおやつを食べ上機嫌であったが、食事の入った棚を見て、まんまと連呼していた。香織の眠っている病室は、四人部屋である。他の三つのベッドも埋まっていて、時折奇声を発する人も含めて、自力で食事が摂《と》れる患者のようだ。

だが、康介は奇妙に思った。食事が四つ、部屋に運ばれていったのだ。まさか、と不安に思ってナースステーションで訊《たず》ねると、

「ご存じなかったのですか」

とかえって驚かれた。

「香織、別の病室に移されたのですか」

「いえ、変わられていませんが……。すぐに病室に行ってあげて下さい」

子供たちの手を引いて、病室に入る。食事どきということもあって、それぞれのベッドのカーテンは閉められていた。香織のベッドもそうである。恐る恐る開けると、スプーンでお粥《かゆ》をすくいかけていた香織がびっくりしたように動きを止めた。

「まんま！」

と明と朋がベッドに飛びついた。康介は呆然として、何を言っていいのかわからない。

「変な顔しないでよ。ボクがこうして食事をしているのが、そんなにおかしいかい」

「いつ目が醒《さ》めたの？」

「久しぶりに言葉を交わすのに、もうちょっとほかに言うことはないのかい」

子供たちをベッドの上に抱き上げようとして、香織は顔をしかめた。

「力が入らない……」

康介が二人の靴を脱がせてベッドに上げてやると、香織は嬉しそうに二人を抱きしめた。

「元気だった？」

「まんま！」

大きな声で明と朋は答えた。

「そう、まんま一杯食べたのか。康介の作る食事はなかなか美味《おい》しいから、心配はしていなかったよ」

「俺は、心配だったよ……」

心の底から、康介は安心していた。何が老衰だ。妻の肌の色艶はこれまで以上に若々しく、粥も半分以上平らげている。回復しているのは間違いない。喜びで視界がぼやける。だが香織は、

「もう一度会えてよかった」

と小さな声で言った。

「縁起でもないこと言わないでよ」

「あ、聞こえた？」

「聞こえるように言ってるんでしょ」

「そうだよ。キミが怪しげな所に足を踏み入れるもんだから、ひやひやした」

怪しげな所というと、一カ所しかない。

「どうしてわかったの」

「キミのことなら何でもわかるんだ。で、そこで何を言われてきた」

康介は胡蝶薬房のことを話した。

「そこなら香織を治せるって」

「ばかばかしい。うっかり信じてはだめだよ」

「わかってるって」

「いや、人は追い詰められると鰯《いわし》の頭でも信じるんだ。だからボクと約束して欲しい。ボクがどうなっても、待っていて欲しいんだ」

「待つ？　待つって退院とか？」

「何でもいい。ボクがいいと言うまで待つんだ」

「それは、いいけど……」

「約束してくれるんだね？」

香織の口調には、どこか差し迫ったものが感じられた。康介がわけのわからないまま頷くと、安心したように表情を和らげた。そして明と朋に優しい視線を向ける。

「さあ、お父さんとお家にお帰り」

「まんま……」

子供たちは寂しそうに香織の膝のあたりに顔を埋めていた。康介もこのままずっと話していたかったが、疲れも見える妻のところに長居するわけにもいかない。

「じゃあ、また明日も来るよ」

「うん。ボクはちょっと眠くなった」

素直に頷いて微笑《ほほえ》むと、香織は体を横たえた。そして子供たちの手を引いて帰ろうとする康介に向かって念を押すように、

「約束だよ」

と言った。返事をしようとして振り返った時には、もう安らかな寝息を立てていた。

6

久しぶりに熟睡して、康介は寝坊しそうになった。香織が入院して寂しかったのも、あと少しの辛抱だ。そんな希望が湧《わ》いてきた。まんま、と朝食をせがむ子供たちも、いつもより元気がいいように思えた。

これからは毎日病院に連れて行ってやろう。それが子供たちにもいいし、何より香織の薬になるはずだ。そう考えるだけで康介は体に力がみなぎってくるようだった。

職場でも、何かいいことあったかと訊かれるほどだった。

「昨日、妻の意識が戻りまして」

というと、薬局の店長は我がことのように喜んだ。

「これでまたしっかり働いてもらえるわね」

冗談めかして言ったので、康介は恐縮した。

「すみません……」

「気にしない気にしない」

そこに、電話が鳴った。仕事中に携帯を使うことは許されていないが、香織の入院を聞いた店長が許してくれていた。病院からの電話に胸騒ぎを覚えながら出ると、

「奥さまの容態が急変されましたので、すぐに病院においで下さい」

と事務的な口調で告げられた。

「急変……。どういうことですか」

「詳しいことは先生が説明されますので」

質問を封じて、電話は切られた。動悸《どうき》がして、息苦しくなる。意識が真っ白になりそうになりながら懸命に正気を保ち店長を見ると、すぐに行けと言ってくれた。何度も深呼吸し、実家に電話をかける。父に事情を話し、子供たちを迎えに行ってくれるように頼んだ。

子供たちを病院に連れて行くかどうかで、少し揉《も》めた。康介は、万が一のことがあったとしても、子供たちを母親の傍にいさせてやりたかった。だが父は、

「死に際《ぎわ》が静かできれいなものとは限らないんだぞ。二歳の子に見せる必要はない」

と反対した。

「死に際とは何だよ！」

何があるかわからないと自分に言い聞かせていても、腹が立つ。

「落ち着け」

父は冷静だった。

「お前が三歳の時、母さんが死んだ。俺はお前に死に際を見せなかった。苦しんで、薬で膨れ上がった姿をお前は知らないはずだ」

確かに、康介の記憶におぼろげながら残っている母は、美しくていつも笑っているような、明るい印象だった。

「でも……」

「ともかく、明と朋は迎えに行くから、とりあえずお前は病院に行きなさい。何があっても、お前は香織さんの夫であり、二人の子の親なんだ。それだけは忘れてはいかん」

康介は車に乗り、病院へと向かった。父の落ち着いた言葉に彼は感謝した。俺がしっかりしなきゃ、と頬を叩く。だが、ちょっとした信号待ちにも苛立《いらだ》ってクラクションを乱打しそうになる。

病室に急ぐと、香織はいなかった。個室に移されたと聞いて扉を開けると、数人がベッドの周囲を取り囲んでいた。多くの機材が据え付けられ、モニタ音がいくつもしている。

「ご主人がいらっしゃいました」

と看護師の一人が康介に気付き、司馬医師に声をかけた。目礼した医師は、

「大変難しい状況です」

と静かな口調で言った。

「心肺機能が低下しています。今は気管内挿管して呼吸を確保していますが、自発呼吸に戻せるだけの力が残されていない可能性があります」

「……どういうことなのですか」

「これから先行えるのは、延命措置だけです」

ベッドに横たわる香織は、ただ眠っているように見えた。

「だけ？　治療は！」

「奥さまは病んでいるわけではありません。老いているだけです」

康介は声を荒らげるが、司馬医師が表情を動かすことはなかった。

「この先どのようにされるかは、ご家族で話し合って下さい。人はその命が危機に陥った時、それぞれどうして欲しいか望みがあるはずです。ご本人の意思がわからない場合は、ご家族で、特に夫であるあなたがどういう形を望まれるのか、よく考えてみて下さい」

「だって……香織はまだ二十八で……」

「本当に残念なことですが、誰にも〝その時〟はきます。奥さまへのお気持ち、お察ししますが、もっとも近くにいる人が向き合って下さらなければ、さらに悔いが残るのです」

康介は首を振り、よろめくように病室を出た。誰かが奇声を発している。康介の口からも、声にならない叫びが漏れている。エレベーターの壁を叩き、廊下の壁に頭を打ち付け、病院の外に出た。

子供たちのことが浮かんだが、父に電話をする気にならなかった。ふらふらと郊外のバイパス沿いの道を駅に向かって歩く。帰宅どきとあって、ヘッドライトが途切れることなく流れていた。体が震えるのは、バイパスを吹き抜けていく夜風のせいだけではない。香織がいなくなる、という恐怖だ。

飲食店の入った雑居ビルが軒を連ねる中で、見覚えのある一棟を見つけ出した。胡蝶薬房、という煤《すす》けた看板がビルの入り口にかかっている。よろず病治します、と角ばった文字で筆書きされている。

狭く暗い階段を上がり、鉄の扉を開ける。軋《きし》んだ音と共に開いた扉の先には、痩《や》せて背の高い男が立ち塞がるように立っていた。怯《ひる》みかけた康介に、

「先生がお待ちです。どうぞ」

と低い声で入るよう促す。

「ご用があっていらっしゃったのでしょう？　さあ」

足が止まっている康介を急《せ》かした。

「鈴木先生は俺が来ることを知っていたのですか？」

「……あなたの脈をとられましたから」

そう言って背を向けた。相変わらず、中に患者らしき人の気配はない。奥の診察室の前で、劉は足を止めた。どうぞ、と目で促されて中に入る。

古そうな木製の薬棚には、無数の小さな引き出しがついている。それぞれに漢方薬の材料が入っているようだ。その時になってようやく、康介は濃密な薬の香りに気付いた。

「心が悩みに覆われている時には、五感の働きにも狂いを生じます」

鈴木薬師は、薬棚と同じ色をした木の椅子に腰をかけていた。

「妻が……」

その後は言葉にならない。康介は手で顔を覆《おお》った。

「お気持ち、わかりますよ」

気の毒そうに言った薬師は、康介の手に触れた。

「あなたの心は、これ以上ないほどの苦しみに押し潰《つぶ》されそうになっている。愛する者を失う苦しみに」

「何とか、何とかして下さい！　妻を、香織を助けて下さい！」

膝をつき、康介は懇願した。薬師の、深い沼のような瞳の色ももはや気にならなかった。

「なるほど、なるほど、あなたの奥さまを思うお心、確かに感じました……」

薬師は康介から手を離し、ゆっくりと頷いた。

「奥さまを救う方法、聞くおつもりは？」

「あるのですか！」

涙と鼻水を拭き、康介はその方法を教えてくれるように願った。

「まず、奥さまの状況をお教え下さい。生まれた日から名前から、全てです」

問われるままに、康介は妻について知っていることを全て話した。

「ふむ、奥さまは老いて衰えていると診断されたのですね。それも無理はない」

「え？」

「主治医が言っていることは、間違ってはいません。ただ、その病状を良くする手段を持たないだけで、言っていることは正しいですね」

薬師は何やら帳面に書きこむと、得心したように再び頷いた。

「薬は、薬種を組み合わせて調剤するものが一般的です。西洋の医学は、まさにその方法を突き詰めてきた。だが、それでは全ての病を治療することはできない。ですが、病は気からの言葉通り、病を治すのに心を無視しては何にもならない。私の技は、薬に心をこめることです」

「心……」

「とはいうものの、薬は目に見えるものであり、心は見えぬもの。ですから、治癒を願う人の心が籠《こも》った何かを、薬に混ぜ込みます」

そんな薬が効くわけがない、と薬剤師の知識がたしなめた。だが康介はそんな冷静な声を頭の中から追い払った。

「な、何を混ぜればいいのですか」

「袖をまくっていただけますか？」

「袖？」

言われるままに袖をまくる。そこには金色の細い毛が一本、生えている。

「それです。その毛を、薬丹の材料とさせていただきたい」

「こ、これを？　こんなもので良ければ……」

と抜きかけて、康介はふと我に返った。香織は、待っていて欲しいと自分に頼んだ。必ず戻るから、信じて待って欲しいと。どのような危機があっても、絆《きずな》を切るようなことをしてはならない、と。

「か、香織は必ず治るのですか」

「信じる心が、思わぬ奇跡を起こすことは西洋医学の現場でもままあることです。私はそれに、確実性を与えるだけです。信じるも信じないも、あなた次第です」

康介はゆらゆらと揺れる細く長い金の毛を見つめた。

「ためらうことはありません」

薬師の瞳が大きくなっているように思えた。深い沼がその瞳から流れだして、周りを埋め尽くしている。この誘いに乗ってはいけないのでは、というためらいがその闇《やみ》の中に吸い込まれていく。

こんな毛を一本差し出すだけで妻が助かるのなら、と毛を引き抜こうとする。それまで静かな表情だった薬師の顔に笑顔が浮かんだ。くちびるの端がつり上がり、禍々《まがまが》しいほどの笑みへと変わる。

「仙骨《せんこつ》、もらっていくよ」

康介から毛を引きちぎった。慌《あわ》てて取り返そうとした康介の手は空を切った。すると突然、胡蝶薬房と書かれた看板が燃え上がり、炎が襲いかかる。頭をかばいながら扉を押しあけ、階段を転げ落ちた。

頭を強打して朦朧《もうろう》としている康介の目に、ベッドで横たわる香織の姿が映った。その足元には、明と朋の姿がある。だが、三人は不思議な姿をしていた。道服のような、パジャマのような、中国風のゆったりした服を着ている。

「だめだなぁ」

香織はため息をついていた。

「どうなっても、待っていて欲しいって言ったじゃないか」

「で、でも治ってよかった」

「何も治ってなんかないよ。ボクは老いているし、でもその老いはボクには何の意味もない。待てば治る程度のものだ。キミはよく知っていたはずなのに」

何のことかわからず、康介は説明を求めようとした。

「今度はちゃんと待つんだよ。出来た時もあるんだから」

そう言って、香織たちの姿は光の中へと消えていく。後を追おうと思っても、激しい頭痛に見舞われて、体が動かない。

目の前に、巨大な一頭の馬が現れた。燃え上がるようなたてがみを揺らしながら、康介を見下ろしている。怒りとも悲しみともつかぬ瞳で康介をしばし見つめ、大きくいなないた。地を蹴《け》って、その馬は虚空《こくう》の彼方《かなた》へと去って行く。背中に誰かが乗っている。小さな、長く豊かな黒髪をなびかせた少女の後ろ姿だ。あの人を知っている。誰よりも知っていたはずだ。だがそこで、康介は気を失った。

「康介、お前の病室はここではないよ」

父の善治が心配そうな表情で見下ろしている。

「……病室？」

「お前はちょっと心の調子を崩して、しばらく入院しているんだ。部屋は隣の隣だからな。他の人に迷惑をかけるんじゃないよ」

父に優しく諭され、そうだった、と康介は立ち上がった。

「もう入院長いんだから、間違えるんじゃないぞ」

父に導かれて、康介は覚束《おぼつか》ない足取りで、自分の病室へと戻っていった。頭上を見上げても、仄白《ほのじろ》い照明が列をなして光っているだけだ。彼は何か大切なものを失《な》くしたような気がして悲しくてならなかった。

あとがき

仁木英之

僕僕先生の短編集は三冊目の「胡蝶の失《な》くし物」以来となります。「さびしい女神」から三冊続けて長編となり、物語の世界を一気に深めることができました。ですが、まっすぐ掘り進んできた分、あれも拾っておけばよかった、これも書いておきたい、というお話の種が積み上がっていたのも事実です。

もともと二次創作という、既にあるお話から外伝を作ることから文章を書き始めた私は、その「種」を見るとうずうずしてしまうのです。あの時ちょっとだけ出てきたキャラクターは今どうしているかな、書かれていない旅の合間に彼らはどんなことを考えて、どんなふうに時間を過ごしているのだろう、遊んでいるのだろう、と想像することほど楽しいことはありません。

そうして生まれた短編を集めたのがこの一冊になります。「胡蝶の失くし物」が連作短編であったのに対し、この童子の輪舞曲《ロンド》は僕僕の世界を背景にしているものの、それぞれが独立したお話になっています。え、これも僕僕先生なの、と驚かれた方もいらっしゃるかもしれません。ですが、それも僕僕先生の世界の一部だと楽しんでいただければ幸いです。

気付けば、このシリーズも七冊目となりました。二〇〇六年の秋に一冊目が刊行されましたから、もう六年半の歳月が経《た》ったことになります。三十三歳のコウガンのビショウネンであった私も、この本が世に出回る頃には四十歳です。アラフォーではなく、フォーティです。

信州の片隅で私塾を営んでいた私が作家となり、二十いくつ物語を書き、奥さんを持ち、娘を授かり、関西へと帰ってくるだけの時間が経ちました。これから六年半、もし許されて僕僕先生が続いてこうしてあとがきを書く時、私は、皆さんはどうなっているでしょうか。

この一文を書いている今日は、二〇一三年三月十一日です。

続いているはずの時間があった。訪れるはずの無数の「これから」がありました。繰り返しだとうんざりしていることが、無数の、無限の努力の上に成り立っていることを思い知らされた日でした。

小説を書いている身としては、本を読む、本を出す、それだけのことがどれほどありがたいことかを知った日となりました。何の音もしない暗闇《くらやみ》の中、懐中電灯の光で読まれた僕僕先生があることを知った日でした。物語を紡《つむ》ぐことも、読んでもらうことも実に「ありがたい」ことなのです。

これからも良いことばかりあるわけでもないでしょうし、悪いことばかりでもないでしょう。世に生きる以上、私たちは輪舞曲《ロンド》を踊り続けなければなりません。時に楽しく、時に悲しい転調を繰り返しながら。

私はこれからも、皆さんの輪舞曲《ロンド》が少しでも楽しくなるように書き続けていきたいな、と願っています。そしてまた、こういったあとがきの一文が皆さんの目にとまったときに、ああ、こいつもまだ楽しく踊ってるんだなとほくそ笑んでいただきたいのです。

そして先生たちの旅はまだまだ続きます。彼らの輪舞曲《ロンド》に、ご期待下さいね！

●コミック版より、お邪魔します

●毒を以て毒を…

これは
これは!!
あなた様も仙人様でございますか!?
噂は弁君から予々聞いておりますよ!!
なんでも道術に造詣が深いのだとか!?
よかったですねぇ先生! 司馬承禎さんが親父のお守役を引き受けてくれて
うむ
おしゃべりな子微となならお父上も満足してくれよう
三日後
……
キミのお父上はひょっとすると人界最強かも知れんぞ……

● チャイニーズ・ジョーク

河伯!! 長江より長い魚を釣ったって本当!?
え〜?
河伯!!
師を差し置いて何事だ!! 詫びとしておまえの穴場を申してみよ!!
またまた〜
そんなバカな! ねえ河伯さん?
………

● 酒と泪《なみだ》と粽《ちまき》と女

王弁さ〜ん
お食事の
用意ができ
ましたよ〜
ひゅるるるる
はーい
私も色々
ありました
けれど……
こうして
みなさんと
楽しくお食事
することが
できるんです
もの
なんだかんだ
言っても幸せ
ですわよね〜
薄妃
さん…
そうか！
まぁ飲め
薄妃！
先生!?
いくら何でも
気を入れ過ぎ
じゃないです
か!?
まる〜ん
ボクじゃない
ボクじゃない!!

● もてもて劉欣

ん？
いない
…？

！

ギギギ
ギギギ

ギッ

ほ…

ギギギ

アチッ
アチ
アチチ

フン

長い手足も
使いよう…
だな…

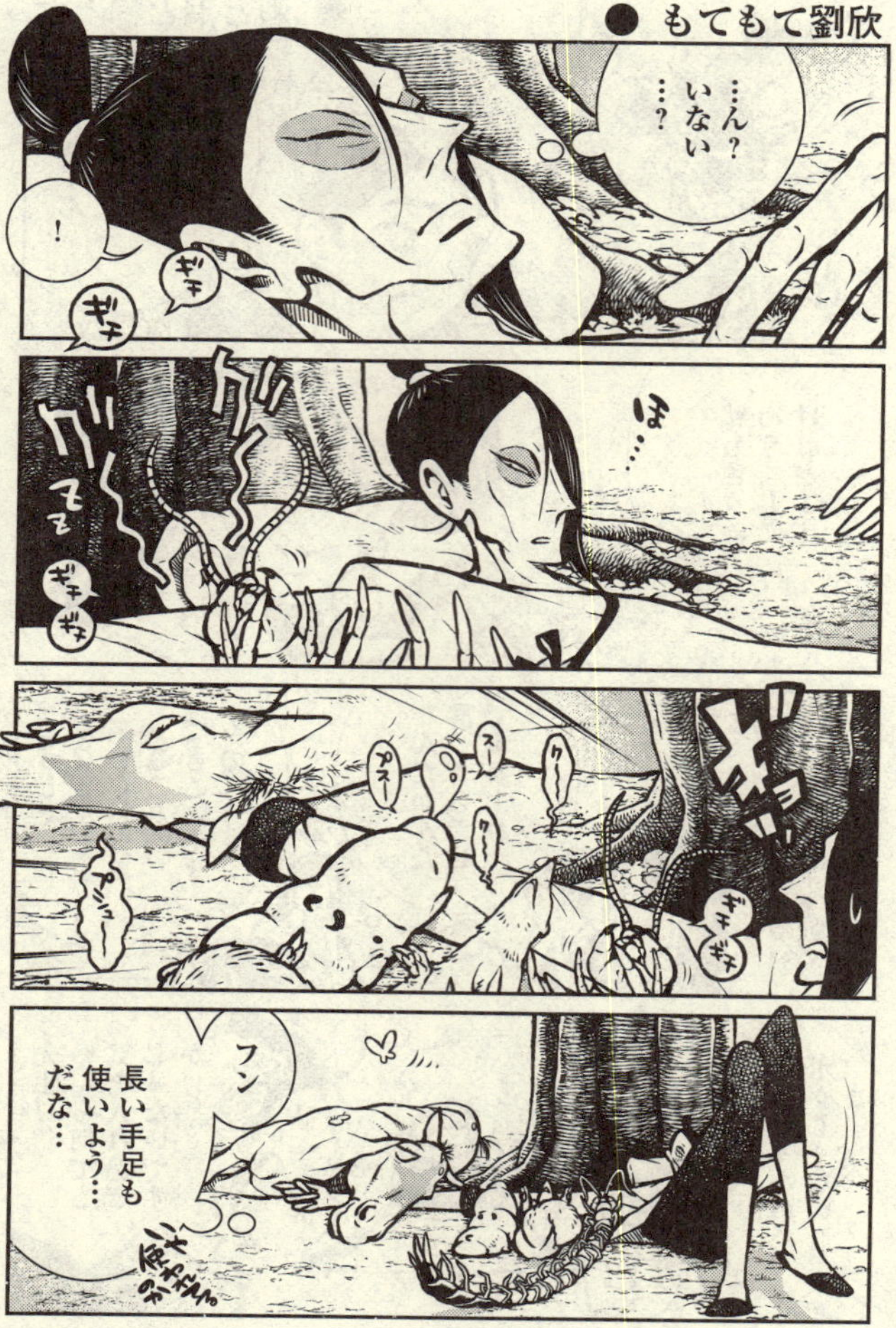

● 理想の男

いろんな姿の先生を見てきたけど
青年
じーさん
少年
おめかし
あれは俺より十ほど上って感じかな
いいなあカッコいいよなあ…
俺もあんなふうになれるかな~
まずもっと髪を伸ばしてヒゲも生やして——
あ
逞しい腕…
いいカラダしてるんだ~
……弁
キミ…発情してないかい?
ちっ
違……っ

この作品は平成二十五年四月新潮社より刊行された。

仁木英之著

僕僕先生 零

遥か昔、天地の主人が神々だった頃のお話。世界を救うため、美少女仙人×ヘタレ神の冒険が始まる。「僕僕先生」新シリーズ、開幕。

仁木英之著

僕僕先生

日本ファンタジーノベル大賞受賞

美少女仙人に弟子入り修行!? 弱気なぐうたら青年が、素晴らしき混沌を旅する冒険奇譚。大ヒット僕僕シリーズ第一弾！

仁木英之著

薄妃の恋

—僕僕先生—

先生が帰ってきた！ 生意気に可愛く達観しちゃった僕僕と、若気の至りを絶賛続行中な王弁くんが、波乱万丈の二人旅へ再出発。

仁木英之著

さびしい女神

—僕僕先生—

出会った少女は世界を滅ぼす神だった。でも、王弁は彼女を救いたくて……。宇宙を旅し、時空を越える、メガ・スケールの第四弾！

仁木英之著

先生の隠しごと

—僕僕先生—

光の王・ラクスからのプロポーズに応じた僕僕。先生、俺とあなたの旅は、ここで終りですか——？ 急転直下のシリーズ第五弾！

仁木英之著

鋼の魂

—僕僕先生—

唐と吐蕃が支配を狙う国境地帯を訪れた僕僕一行。強国に脅かされる村を救うのは太古の「鋼人」……？ 中華ファンタジー第六弾！

畠中恵著

しゃばけ

日本ファンタジーノベル大賞優秀賞受賞

大店の若だんな一太郎は、めっぽう体が弱い。なのに猟奇事件に巻き込まれ、仲間の妖怪と解決に乗り出すことに。大江戸人情捕物帖。

畠中恵著

ぬしさまへ

毒饅頭に泣く布団。おまけに手代の仁吉に恋人だって？ 病弱若だんな一太郎の周りは妖怪がいっぱい。ついでに難事件もめいっぱい。

畠中恵著

ねこのばば

あの一太郎が、お代わりだって?! 福の神のお陰か、それとも…。病弱若だんなと妖怪たちの「しゃばけ」シリーズ第三弾、全五篇。

畠中恵著

おまけのこ

孤独な妖怪の哀しみ（「こわい」）、滑稽な厚化粧をやめられない娘心（「畳紙」）……。シリーズ第4弾は〝じっくりしみじみ〟全5編。

畠中恵著

うそうそ

え、あの病弱な若だんなが旅に出た!? だが案の定、行く先々で不思議な災難に巻き込まれてしまい――。大人気シリーズ待望の長編。

畠中恵著

ちんぷんかん

長崎屋の火事で煙を吸った若だんな。気づけばそこは三途の川!? 兄・松之助の縁談や若き日の母の恋など、脇役も大活躍の全五編。

畠中恵著　いっちばん

病弱な若だんなが、大天狗に知恵比べを挑む！　妖たちも競い合ってお江戸の町を奔走。火花散らす五つの勝負を描くシリーズ第七弾。

畠中恵著　ころころろ

大変だ、若だんなが今度は失明だって⁉　手がかりはどうやらある神様が握っているらしい。長崎屋を次々と災難が襲う急展開の第八弾。

畠中恵著　ゆんでめて

屛風のぞきが失踪！　佐助より強いおなごが登場⁉　不思議な縁でもう一つの未来に迷い込んだ若だんなの運命は。シリーズ第9弾。

畠中恵著　やなりいなり

若だんな、久々のときめき⁉　町に蔓延する恋の病と、続々現れる疫神たちの謎。不思議で愉快な五話を収録したシリーズ第10弾。

畠中恵著　ひなこまち

謎の木札を手にした若だんな。以来、不思議な困りごとが次々と持ち込まれる。一太郎は、みんなを救えるのか？　シリーズ第11弾。

畠中恵著　えどさがし

時は江戸から明治へ。仁吉は銀座で若だんなを探していた——表題作ほか、お馴染みのキャラが大活躍する全五編。文庫オリジナル。

知念実希人著

天久鷹央の推理カルテ

お前の病気《ナゾ》、私が診断してやろう——。河童、人魂、処女受胎。そんな事件に隠された〝病〟とは？　新感覚メディカル・ミステリー。

知念実希人著

天久鷹央の推理カルテII
—ファントムの病棟—

毒入り飲料殺人。病棟の吸血鬼。舞い降りる天使。事件の〝犯人〟は、あの〝病気〟……？　新感覚メディカル・ミステリー第2弾。

知念実希人著

天久鷹央の推理カルテIII
—密室のパラノイア—

呪いの動画？　密室での溺死？　謎めく事件の裏には意外な〝病〟が！　天才女医が解決する新感覚メディカル・ミステリー第3弾。

知念実希人著

スフィアの死天使
—天久鷹央の事件カルテ—

院内の殺人。謎の宗教。宇宙人による「洗脳」。天才女医・天久鷹央が〝病〟に潜む〝謎〟を解明する長編メディカル・ミステリー！

喜多喜久著

創薬探偵から祝福を

「もし、あなたの大切な人が、私たちの作った新薬で救えるとしたら——」。男女ペアの創薬チームが、奇病や難病に化学で挑む！

朝井リョウ・飛鳥井千砂
越谷オサム・坂木司
徳永圭・似鳥鶏
三上延・吉川トリコ著

この部屋で君と

腐れ縁の恋人同士、傷心の青年と幼い少女、妖怪と僕!?　さまざまなシチュエーションで何かが起きるひとつ屋根《ふたりぐらし》の下アンソロジー。

島田荘司著
ロシア幽霊軍艦事件
—名探偵 御手洗潔—
箱根・芦ノ湖にロシア軍艦が突如現れ、一夜で消えた。そこに隠されたロマノフ朝の謎……。御手洗潔が解き明かす世紀のミステリー。

島田荘司著
御手洗潔と進々堂珈琲
京大裏の珈琲店「進々堂」。世界一周を終えた御手洗潔は、予備校生のサトルに旅路の物語を語り聞かせる。悲哀と郷愁に満ちた四篇。

島田荘司著
セント・ニコラスの、ダイヤモンドの靴
—名探偵 御手洗潔—
教会での集いの最中に降り出した雨。それを見た老婆は顔を蒼白にし、死んだ。奇妙な行動の裏には日本とロシアに纏わる秘宝が……。

水生大海著
消えない夏に僕らはいる
5年ぶりの再会によって、過去の悪夢と向き合う少年少女たち。ひりひりした心の痛みと、それぞれの鮮烈な季節を描く青春冒険譚。

森川智喜著
未来探偵アドのネジれた事件簿
—タイムパラドクスイリ—
23世紀からやってきた探偵アド。時間移動装置を使って依頼を解決するが未来犯罪に巻き込まれて……。爽快な時空間ミステリ、誕生！

円居挽著
シャーロック・ノート
—学園裁判と密室の謎—
退屈な高校生活を変えた、ひとりの少女との出会い。学園裁判。殺人と暗号。密室爆破事件。いま始まる青春×本格ミステリの新機軸。

上橋菜穂子著

精霊の守り人

野間児童文芸新人賞受賞
産経児童出版文化賞受賞

精霊に卵を産み付けられた皇子チャグム。女用心棒バルサは、体を張って皇子を守る。数多くの受賞歴を誇る、痛快で新しい冒険物語。

上橋菜穂子著

闇の守り人

日本児童文学者協会賞・
路傍の石文学賞受賞

25年ぶりに生まれ故郷に戻った女用心棒バルサを、闇の底で迎えたものとは。壮大なスケールで語られる魂の物語。シリーズ第2弾。

上橋菜穂子著

夢の守り人

路傍の石文学賞・
巖谷小波文芸賞受賞

女用心棒バルサは、人鬼と化したタンダの魂を取り戻そうと命を懸ける。そして今明かされる、大呪術師トロガイの秘められた過去。

上橋菜穂子著

虚空の旅人

新王即位の儀に招かれ、隣国を訪れたチャグムたちを待つ陰謀。漂海民や国政を操る女たちが織り成す壮大なドラマ。シリーズ第4弾。

上橋菜穂子著

神の守り人

（上 来訪編・下 帰還編）
小学館児童出版文化賞受賞

バルサが市場で救った美少女は、〈畏ろしき神〉を招く力を持っていた。彼女は〈神の子〉か？ それとも〈災いの子〉なのか？

上橋菜穂子
チーム北海道著

バルサの食卓

〈ノギ屋の鳥飯〉〈タンダの山菜鍋〉〈胡桃餅〉。上橋作品のメチャクチャおいしそうな料理を達人たちが再現。夢のレシピを召し上がれ。

新潮文庫最新刊

C・マッカラーズ
村上春樹訳
結婚式のメンバー
多感で孤独な少女の姿を、繊細な筆致と音楽的文章で描いた米女性作家の最高傑作。村上春樹が新訳する《村上柴田翻訳堂》シリーズ。

W・サローヤン
柴田元幸訳
僕の名はアラム
アルメニア系移民の少年が、貧しいながらもあたたかな大家族に囲まれ、いま新世界へと歩み出す——。《村上柴田翻訳堂》シリーズ。

M・グリーニー
田村源二訳
米朝開戦（3・4）
ジャック・ライアン大統領が乗った車列が爆破された！ 米情報機関の捜査線上に浮かんだのは、北朝鮮対外諜報機関だったが……。

黒柳徹子著
新版 トットチャンネル
NHK専属テレビ女優第1号となり、テレビとともに歩み続けたトットと仲間たちとの姿を綴る青春記。まえがきを加えた最新版。

津野海太郎著
花森安治伝
—日本の暮しをかえた男—
百万部超の国民雑誌『暮しの手帖』。清新なデザインと大胆な企画で新しい時代をつくった創刊編集長・花森安治の伝説的生涯に迫る。

中村計著
無名最強甲子園
—興南春夏連覇の秘密—
徹底した規律指導と過激な実戦主義が融合した異次元野球が甲子園を驚愕させた。沖縄県勢初の偉業に迫る傑作ノンフィクション。

童子《どうじ》の輪舞曲《ロンド》

僕僕先生

新潮文庫　に－22－7

平成二十八年四月一日発行

著者　仁《に》木《き》英《ひで》之《ゆき》

発行者　佐藤隆信

発行所　株式会社新潮社

郵便番号　一六二―八七一一
東京都新宿区矢来町七一
電話　編集部(〇三)三二六六―五四四〇
　　　読者係(〇三)三二六六―五一一一
http://www.shinchosha.co.jp

価格はカバーに表示してあります。

乱丁・落丁本は、ご面倒ですが小社読者係宛ご送付ください。送料小社負担にてお取替えいたします。

印刷・大日本印刷株式会社　製本・憲専堂製本株式会社

ISBN978-4-10-137437-6　C0193